# ザボンの花

*shōno junzō*

庄野潤三

講談社文芸文庫

目次

# ザボンの花

# 第一章　ひばりの子

その声は、ふいに正三《しょうぞう》の頭の真上で聞えた。

それは、うれしくてたまらないような、本当にかわいらしい声であった。その声は、正三の頭の真上の空から、いきなり動き出したぜんまい仕掛のおもちゃの自動車か何かのように、勢いよく鳴り出したのだ。

それを聞いた時、正三は思わず立ち止って、

「あ、あのひばりの子だ」

といった。

そういって、大急ぎで空を見上げたのである。

青い麦畑の中の道である。春休みになってからずっと雨ばかり降り続いて、正三はすっかり閉口していたのだ。

正三はこんどから小学四年生。妹のなつめは二年生、一番下の四郎はあと二年しないと幼稚園へ行けない。

そのなつめと四郎は、今日は朝から村田さんのお家へ遊びに行ったきり、昼になるのに戻って来ない。久しぶりのお天気なので、二人ともそれこそ夢中になって遊んでいるのだ。

(なつめのやつ、宿題もしないで、いい気になっているな)

お母さんから呼びに行くようにいわれて家を飛び出して来た正三である。四年生ともなれば、宿題もたくさんある。なつめのような二年坊主とは、ちょっと違うのだ。

正三の家から村田さんの家までは、畑の間の一本道だ。その道は、ゆるやかに曲りながら、遠くに森や雑木林や竹やぶや、それらのかげにある農家や、ところどころに新しく建てられた住宅を一目に見渡しながら、村田さんの家のすぐ横へ続いているのだ。

いつもこの道を通って、正三となつめは学校へ行くのである。

青い麦畑の真中で、大急ぎで空を見上げた正三は、太陽の光りがまばゆくて、ちょっと手をかざしてみた。

すると、ちょうど頭の真上のあんまり高くはないところに飛んでいる一羽のひばりが眼に入った。

それは、大変せわしそうにさえずりながら、その声と全く同じくらいのせわしさで、小さな羽根を動かして、まるでやっとこさ空に引っかかっているというふうに見えた。

そのひばりの飛び方を見ていると、あれだけせわしく羽根を動かさないことには、たちまち、真っさかさまに落ちてしまう、といわんばかりなのだ。

広い空の中で、それは小さくなって使えなくなった消しゴムくらいの大きさの、黒い粒となって、今にも落っこちそうに、たよりなく震えながら動いてゆくのであった。

正三は、その黒い粒をじっと見ている。

（あれは、ひばりの子だ。きょう、はじめて空へ飛び上ったんだ）

正三は、そう思った。

（あの飛び方を見れば、分る。あれは、ついこの間まで、まだ指くらいしか伸びていない青い麦の中で、かわいい声で鳴いていたやつだ）

その雛のすがたを、正三はいち度も見かけなかったが、その雛が鳴いていた声は、はっきり覚えている。

その声を聞いたのは、たった三回で、それを聞いた場所も、その度ごとに違っていたが、それはだいたいこの辺の畑の中であったのだ。

「ひばりの巣は、探してはいけないよ」

いつだったか、父がそういったことがある。あれはまだ正三の家族が大阪に住んでいた時分のことであった。幼稚園に行っていた時であったから。

正三の家は、電車の停留所から五分くらいのところにあって、まわりは家が詰んでいたが、裏の方へ向って歩き出すと次第に空地や草原が多くなり、二十分も歩くと、畑のあるところへ出て来るのであった。

父は日曜日など、気が向いた時には、正三やまだ小さかった妹のなつめの手を引いて、でたらめに畑の見えるあたりまで散歩に連れて行ってくれた。そんなある散歩の時に、ひばりの声を道のそばの探せばすぐ見つかりそうなところに聞いて、巣を見つけてと父にせがんだことがある。

その時に、正三は父からいわれたのだ。

「どうして、いけないの」

不服らしく正三がそう聞くと、父は、

「いや、どうしてということはないけれども、それはしてはいかんのだ」

といって、あとは何もいわずにずんずん子供たちの手を引っ張って、畑中の道を歩いて行った。

その時、正三は父がなぜひばりの巣を探してはいけないというのか、そのわけがはっきりとは分らなかったが、ただぼんやりとそれがいけないことだということを父の言葉の調子から感じた。

ひばりの巣を探し出したいという気持は、いまの正三にだってある。大ありだ。

いまなら正三は、父に頼んだりはしない。もし探す気なら、自分で探して見せる。ただ、ひばりの巣を探したくても、可哀そうだから、しないだけだ。

正三が三回、まだ小さい麦の中で可愛く鳴いているのを聞いたひばりの子が、今、あんなにうれしそうにさえずりながら、生れてはじめての空へ飛び上っているのだ。

「ほら、がんばれ、落ちるな」

正三は、思わず身体に力が入った。

その時、ひばりの声の調子が、変った。

三つくらいの音色を綴ったような鳴き方をしていたのが、二つの音色だけになり、それも大へん慌てたように聞え始めた。

「おや？」

と正三がひばりを見つめていると、消しゴムの切れはしよりももっと小さくなっていたその丸い、黒い粒は、それまでは震えながら空に引っかかっていたようなのが、横に一直線に流れて行ったかと思うと、今度はいきなり地面に向って落ちた。

それは、まるでひばりの子が、空から、地面のどこかで見てくれている親に向って、

「お父さん、お母さん、もうこのくらい飛べば、及第でしょう。ぼくは、もう死にそうだ。ほら、降りますよ」

と声をかけて、それをいいも終らないうちに、すとーんと空から落ちたような具合であ

った。

正三はひばりが落ちて行った方に向って、大急ぎで走って行った。

それは、バスの走っている道路の向う側の広い芝生地の真中であった。そこは冬の間に掘り起して、またならされた上へ、一面に肥をばらまいてあった。芝生屋の地所だ。その肥をばらまいた上に、ひばりはてんとすまして着陸しているのだ。

「馬鹿なやつだなあ」

正三は、あきれてしまった。心配して走って来ただけに、ひばりが無事なのを見てほっとすると同時に、今度はおかしくなって来たのである。

「おい、そんなところにじっとしていたら、くさいぞ」

正三がそうどなろうとした時、不意にどこからか石が飛んで来て、ひばりのすぐ近くに落ちた。

いつの間に来ていたのか、バス道路のところに一人の男の子が立っている。正三と同じくらいの大きさの子供だ。

そいつは、すぐに次の石を拾おうとしてかがみこんだ。

正三は怒った。思わず大声でどなった。

「こらあ。石を投げるなあ」

男の子は、こちらを見た。黙って、じっと正三の方を見ている。

どうも、正三の方を見ている様子は、このままではただでは済ませんぞといった気配が感じられる。

正三とその少年との間は、三十メートルくらい離れている。二人は、にらみ合ったまま、少しずつ近づいて行った。

ちらと芝生の方を見ると、ひばりは石が飛んで来たのに別にびっくりした様子もなく、のろのろと肥の上を歩いている。

ひばりの子に石を投げつけるなんて、なんというひどいことをするやつだろう。もしもまともに当ったら、どうするのだ。せっかく、生れてはじめて空へ飛び上って、あんなに高いところまで上ることができたというのに。

正三は、とてもふんがいしたのである。

だが、そのひどいことをした男の子をなぐってやろうなどとは、ちっとも考えていない。どなって、相手が石を投げるのを止めれば、それでしまいであった。

ところが、そいつは、石を投げるのは止めたが、こわい顔をして正三をにらみつけながら近づいて来たのだ。こうなると、正三も引き下がることはできない。

衝突するまで進んでゆくだけである。その間に、肥の上を歩いているひばりが、早く逃げてくれればいい。こんなに人の目につきやすい芝生の上なんかで休んでいないで、さっさとお父さんやお母さんのいる麦畑へ飛んでゆけばいいのだ。

正三と石を投げた少年とは、とうとう顔をつき合わせるところまで来てしまった。

「おい」

先に声をかけたのは、相手の少年だ。

「いま、なんていった」

すごい顔をしている。

正三は、始め自分と同じ年くらいと思ったが、近くで見ると、相手はどうも五年生か六年生くらいの大きさだ。色が黒くて、とても意地の悪そうなやつだ。

(これは、やっかいなことになったぞ)

正三は、本当いうと、少しこわくなってきた。喧嘩をやれば、向うの方が強いに決まっている。それに正三は、これまで喧嘩というものをしたことがないのだ。

(なぐられるかも知れんな)

だが、正三はやせ我慢を張った。

「石を投げるなといったんだ」

「なに?」

相手の眼が光った。

「なんだと。よけいなお世話だ」

その声を聞いたとたん、正三の眼には相手が急に恐ろしい大人のように見えて来た。

（危い。早く逃げろ！）

正三の頭の中で、そういう声が聞える。

そいつは、じりじりと正三に近づいて来た。正三はいまにもくるりとうしろを向いて走り出したかったが、やっと頑張ってそこに突っ立った。

「あれは、ぼくのひばりだ」

正三は、自分でも思いがけないことをいったのである。

「なに？　お前のひばりだと」

「そうだ。あれは、ぼくが飼っているひばりの子だ。らんぼうなことはしないでくれたまえ」

相手は、驚いて正三の顔を見た。

「お前のひばりだと？」

相手の少年は、呆れたようにいった。

「うん。あれは、ぼくのひばりなんだ」

断固としてそういうと正三は、ゆっくりと芝生の方を見て、どうやらひばりはその間に麦畑に無事に帰ったことを確かめると、さっさと家の方へ引き返した。

敵は正三のあとを追っかけて来るかと思ったが、「ちぇっ、でたらめいってやがる」といっただけで、向うへ行ってしまった。

正三は、ほっとした。

(ああ、よかった。危いところだったな)

それから、とっさの時に、どうしてあんなことをいい出したのだろうかと思うと、なんだかおかしくなってきた。

不思議なもので、こちらが変なことをいったものだから、今にもなぐりそうに勢いこんでいた相手の方では、はぐらかされて手出しができなくなったのだ。

「ああ、愉快、愉快」

正三は次第に得意な気持になって、ひとりごとをいった。

「なつめは、学校の帰りに時々、いじめっ子に会うといっているが、あいつがそうかも知れないな。一発、くらわしてやればよかったな」

その時、正三はやっと自分の用事を思い出した。村田さんの家へ遊びに行ったまま、昼になっても帰って来ない妹と弟を呼びに行く途中であったのだ。

「これは、ずいぶん道草をくったぞ。さあ、走って行こう」

正三は、自分にそういって、青い麦畑の中の道を走り出した。……村田さんの近くまで来ると、家の裏になつめたちのお河童の頭が思い思いに動きまわっているのが見えた。

村田さんの家には、なつめと同級生のユキ子ちゃんと、四郎より一つ年上のタカ子ちゃんがいる。その四人が、生れて二月くらいたった白いまるまるした仔犬を一匹ずつ抱いて遊んでいるのだ。

なつめとユキ子とタカ子の三人は、スカートの中に仔犬を入れて、カンガルーの親みたいにしている。その仔犬は、迷惑そうな顔をして眼をぱちぱちさせている。

村田さんのおばさんは、親犬と仔犬四匹とで一回にお鍋二はいも御飯を食べるので、困っているのだけれど、子供たちは仔犬を手離すことには大反対なのだ。

正三が、なつめと四郎を呼んで畑中の道を帰って来ると、四郎が急に立ち止って空を指さした。

春の空の高い高いところで、飛行機が大きな落書をしているのだ。青いガラスの上に蠟《ろう》石《せき》で書いたように、美しい飛行雲が、キという字を書いて、そのまま横の棒をどこまでも伸ばしているのであった。兄弟は、それに見とれた。

# 第二章　よき隣人

勝手口が開いた。

「矢牧《やまき》さん、電気料金おねがいします」

「はーい」

千枝《ちえ》は、そら来た、と赤い札入れをもって飛び出す。

正三の家では、今日は支払い日。お母さんは大いそがしである。

「おいくらですか？」

「はい、どうも」

「さよなら」

電気屋さんが帰って行って、二分とたたないのに、また勝手口の外で、「矢牧さーん」

と呼ぶ声がする。

「はーい」

「ミルク屋でございます」

するると、雨降りなので家の中で積木をして遊んでいた四郎が、大きい声でいった。

「また来やがった」

「ばか」

千枝は思わず赤くなって、四郎を叱った。それから小さい声で、

「ばかねえ、聞えるじゃないの」

四郎はけろりとした顔をしている。

「はーい。いま、行きます」

また、赤い札入れを持って、台所へ飛び出して行く。

「おいくらですか?」

「まことに相すみません」

気のいい牛乳屋さんは、なんだかとても済まないような顔で、頭をさげてあやまっている。

きっと、四郎のいった声が、聞えたのだ。千枝は、気の毒で、牛乳屋さんの顔が見られない。

「どうもありがとうございました。どうもすみませんでした」

牛乳屋が帰った。

「どうして、また来やがった、なんていうんだろう。呆れた子だわ」

千枝は部屋へ戻って、四郎にいった。

「あんなことといったら、だめよ。分った？」

すると、四郎は不服そうにいうのだ。

「そやけど、おかあちゃん、さっき、またか、いうてたもん」

(学校へ行っている正三となつめとは、すっかり東京言葉になったのに、家にいるこの子だけは、関西の言葉が抜けないのだ。もっともその点では、母親の彼女も同じだが)

「うそ、そんなこといわないわ」

「いったよ。お母ちゃん」

横から口を出したのは、畳の上でせっせと塗り絵をかいていた姉のなつめである。

「いついった？」

「さっきお米屋さんがお金取りに来たとき、またかっていった」

「うそよ」

「いったわ。ぜったいにいった」

二人ともそう主張するのなら、本当にいったのかも知れない。

うっかり、子供の前で物をいうと、後でこんな目に会う。気をつけないといけないわ。

千枝は、仕方なしにこういった。

「それなら、これからは、みーんな、止めようね。また来やがったなんていうから、ミルク屋さん、びっくりしてたよ」

(でも、本当にそういいたくもなるわ)

と彼女は、ひとりごとをいった。

(昨日、サラリーを貰ったら、今日は朝から待ちかまえたようにお金を取りに来て、みるみるうちに、さあーっと持って行かれてしまうんだもの……)

この残りでこれから一と月やって行かなければならないと思うと、毎月のことだけれども、千枝はうんざりしてしまうのだ。

月給の高というものは、誰がいったい考え出したのか、計算してぴたりと合わせたようにくれるものだ。

何にどれだけ要って、何にどれだけ要ってと、それこそ家族が食べて暮すのに最低限のものを全部足して行ったら、それがかっきり月給の総額と一致して、その後には余分な金は一円も残らない仕組になっている。

それで千枝は、思わず感心してしまうのだ。

また、勝手口の戸が開く音がした。

(また来やがった)

と、今度はこっそり口の中でいって、千枝が飛び出して行くと、

「植木見に行かない？」

来たのは、ユキ子ちゃんのお母さんであった。

ユキ子ちゃんのお母さんは、いつでもこんなふうに入って来るのだ。

「あら、集金かと思った」

「いやだわ。それより、植木の市《いち》があるのよ。見に行かない？」

「どこ？」

「学校の近くよ」

「行くわ。集金ばかり来て、いやになっていたところよ」

「あたしんとこも、そうなのよ。くさくさしたから、子供に留守番させておいてあなたをさそいに来たのよ」

千枝は、これさいわいとばかり、なつめと四郎に留守をいいつけて、傘を持って家を出た。正三は、今日は朝から友達の家へ遊びに行っているのだ。

雨は大した降りでない。二人は畑中の道をおしゃべりしながら歩いて行った。

ユキ子ちゃんのお母さんは、千枝より二つ年上だ。しかし、千枝に対する態度は、まるで五つも六つも年上の人間のようである。

千枝のすることを見ていると、どこか子供っぽくてはらはらする、などと威張るのだ。

ユキ子ちゃんのお母さんは九州の熊本の生れで、主人は秋田の産である。

「九州男子と秋田美人とが結婚したのよ」

そういって澄ましている。

産地が入れかわっていれば、よかったというのである。

なるほど、ユキ子ちゃんのお母さんは、気の強い人で、なんでも思ったことをどんどんやってのける。さっぱりしていて、とても気持がいい。

それでいて、千枝はこれほど親切な人に会ったことはない。いつでも、親切にしたくて待ち構えているような人である。

「お金が要る時があったら、いつでもいって来なさい。あたしは、主人からへそくったお金が、いつでも一万や二万はちゃーんと置いてあるんだから。借りなくちゃ、損よ」

千枝にそういうのだ。千枝はそれだけでもすっかり感心してしまう。彼女には、逆立ちしたってそんな真似はできない。

それで主人が、ある時、こういったそうだ。

「お前のような女房は、他人によくて、亭主に情《じょう》がない。いっしょになったわしが、一番不幸な目に会っている」

……おしゃべりをしているうちに、二人は牧場の横を通り抜け、坂道をくだり、小さい橋を渡って、植木の市が開かれているお宮の境内へやって来た。

お天気が悪いので、客は誰も来ていない。大きな欅《けやき》の木の根っこに、植木屋が十人くらいかたまって、不景気そうな顔をして、弁当を食べていた。

二人が植木を見ていると、すぐにそのまわりに寄って来て、しきりに買わそうとするのだ。

「この連翹《れんぎょう》ひとつお庭に植えなさったら、うんと引き立ちますよ」

とか、黄楊《つげ》を指して、

「玄関の横にいいよ」

などといった。

千枝は、木蓮の木が買いたいなと思った。陰気に雨が降っている中で、木蓮の白い花のあるところだけが、ぱっと明るくて、まるで夢の世界の出来ごとのようにまわりから浮び上っているのだ。

しかし、彼女の背の一倍半くらいの大きさの木蓮が、値段を聞いてみると、二千円もするので、がっかりしてしまう。

とても買えはしないのだ。

「あんまり殺風景な家だから、せめて木でも植えてごまかさなくちゃと思うけど、なんでも高いわねえ」

千枝がついこぼすと、

「あたしんとこなんか、ちょっと風が吹くと、いつめりめりとくるか分らないのよ。危くて。体裁じゃなくて、家を守るためなのよ」

　ユキ子ちゃんのお母さんは、そういって笑った。

「夜中に風が吹き出すと、もうこわくて寝ていられないのよ。去年の秋の台風が来るって大騒ぎした時なんか、もうだめだと思ったわ」

「ほんとに、いやねえ」

「たった二間っきりのちっぽけな家だけど、風にさらわれてしまっちゃ困るものね」

「あたしのとこも、同じよ。転勤だというので、大急ぎで建てた家でしょう。あたしなんか大阪にいて、引越して来てはじめて自分の住む家を見たの。野原の真中に、ぽつんと一軒だけ、それもなんだか平べったくて、不恰好な家で、へーっ、この中に住むのだなあと思ったら心細くて」

「ぜいたくいいなさんな。あなたの家はうちより一間多いのよ」

「ううん。広い狭いってことじゃなくて、心細かったの。子供の時からずっと町なかのわりに静かで便利もいいというところに育って来たでしょう。それが、今度はだあれも知っている人のいない東京へ引越して来て、この畑の中のぽつんと離れた家へ来たもんだから」

「それは心細かったと思うわ。でも、あたしにくらべたら、あなたなんか恵まれ過ぎてるくらいよ。あたしたちが満州から引き揚げて来た時なんて、思い出しても泣きたくなるわ。生れて一年目の男の子を死なせてしまうし」

「生きていたら、正三のいい遊び相手になってくれたのに。残念ね」

「そうよ。後が二人とも女の子でしょう。だから、あきらめられないのよ」

二人の会話は、いつでもこんな調子だ。最初は風に吹き飛ばされないために植木を必要とするという話から、小さくて亡くなった子供のことになって、ユキ子ちゃんのお母さんはもう涙ぐみかけている。

そばへ寄って来た植木屋たちも、どうやらこの客は買いそうもないと見きわめをつけたらしく、もとの欅《けやき》の木の下へ雨宿りをしにもどった。千枝は、どの木を見ても、いいなあ、と思う。でも、どの木も、値段を聞くと、やっぱり買えない。

木を一本植えれば、今の不恰好な家だって、それでうんと違ってくる。そんな不思議な力を、木はみなめいめい、持っているのだ。

「もうちょっと安かったらねえ」

「家のまわりを、果物のなる木や花の咲く木でいっぱいにしたら、子供はそれだけで幸福だと思うわ」

「子供よりなによりあたしが幸福だわ」

そんなことをしゃべりながら、市を離れて、二人が駅前へ出る道を歩き出すと、うしろから自転車に乗った若い男が追いついてきて、声をかけた。もし一人だったら、千枝は気味が悪かっただろう。でも、今日は気丈なユキ子ちゃんのお母さんがついているから、こわくない。

二人は立ち止って、若い男の方を見た。らくだ色のジャンパーを着たその男は、きまり悪そうにしていたが、

「あのー、奥さん、植木買うんだったら、安く売るよ」

「あら、あんた植木屋さん？」

ユキ子ちゃんのお母さんがいった。

「いいや、植木屋じゃないけど」

「じゃあ、なんなの？」

「おれんちに、植木がいっぱいあるんだ」

「あんたが植えているの」

「おれじゃねえ」

「それじゃ、お父さん？」

「うん。おやじが眺めてらあ」

二人はふき出した。

「眺めてらあ」という言葉も、そのいい方も、面白かったのである。

「じゃあ、あんたのお父さんが植木屋さんなのね」

「いいや、植木屋じゃない」

「なんの商売をしているの？」

「なんていうこともないけどね」

二人は、また笑い出した。すると、その息子は、

「なにかやらなくちゃいけないんだけどね、身体が悪くてね」

「誰が？」

「おれがね。ずーっと病気で、ぶらぶらしていたけど、もうよくなったんだ」

二人は、今度は黙っていた。

「おやじが、なにか商売しろっていうんだけど、なかなかむずかしいや」

「それで、お家にある植木をあたしたちに売ろうというの？」

「別に売りたいことはないけど、欲しそうに見ていたから」

「あたしたちが？」

「うん」

そういえば、さっきユキ子ちゃんのお母さんが風よけにもちの木を買いたいなといって値段を聞いていた時、この息子がいたような気がする。

「もちの木が欲しいのだろう？」

「でも、七百円も八百円もするんじゃ、買わないわ」

「おれんとこ三百円でいいよ」

「すごく、安いのね。お父さんに叱られるんじゃないの？」

息子は、「そんなこと」というような顔をした。

「ヒマラヤ杉はないの？」

今度は千枝が聞いた。さっきの市では、胸までくらいの大きさのが五百円もしたのだ。

「百円でいい。二十円で買った苗木だもの」

二人は、顔を見合わせて、眼をまるくした。

（この息子、少しばかじゃないかしら？）

二十円で買った苗木だなんて、いわなければ分らないのに、何でもしゃべってしまうのだ。

いったい、商売をするつもりなのか損をするつもりなのか、なにを考えているのだろう？

正直、といったって、値段がそれではあんまり安過ぎる。ヒマラヤ杉が百円なら、それなら千枝は買える。クリスマス・ツリーにどうせ要るのだから、二、三本、家のまわりに植えておきたい。

「家まで運んでくれるの？」

「運んでやるよ」

「でも運賃が高かったら、何にもならないわ」

「運賃なんか、かからないよ。うちの車だから、ガソリン代の五十円も貰えばいいよ」

ユキ子ちゃんのお母さんは、千枝に顔をよせて、

「ちょっと、話がうま過ぎるわ。用心しないと危い」

と小さな声でいった。

それから、その息子に向って、

「それ、本当？　もし本当にその値段だったら、買って上げるけど」

「うそなんか、いわないよ。商売じゃないもの」

千枝は、その男のいっていることは、多分本当なんだろうと思った。

ユキ子ちゃんのお母さんはそれでも用心深かった。

「あんたの家、どこ？」

すると、その男は、ポケットをあちこち探しまわって、なにやらしわくちゃになった紙をユキ子ちゃんのお母さんに渡した。

「いま、おれ名刺持ってないけどね、これもう要らないから、持って行っていいよ」

「なに、これ？」

「そこへ葉書くれたら、持って行って上げるよ」

そういうとその男は自転車に乗って、お宮の方へ引き返して行った。

「ちょっと変ねえ」

「そうね、どこから来たのか知ら？」

二人が、そのしわくちゃの紙片をひろげてみると東京——病院診察券と書いてある。

「あら、診察券よ」

そこに、皮膚科とかいた青いスタンプが押してあるのを見た瞬間、二人とも声を立てて飛びのき、診察券は雨にぬれた地面に落ちた。

それから、二人はこわごわ、その診察券をのぞき込んだ。それには、小山田梅吉殿、二十二歳、病名ヘルニア、と書いてあった。

「ヘルニアなら、うつらないわ。大丈夫よ」

ユキ子ちゃんのお母さんは、そういうと、診察券を指でつまんで、財布の中にしまった。

千枝がその話を夫にすると、

「ヒマラヤ杉は、あまり好きじゃない」

といって、不賛成のようであった。

「でも、クリスマス・ツリーにどうせ要るでしょう。百円で買えれば、本当に安いわ」

「いや、クリスマス・ツリーに使うためにヒマラヤ杉を植えるというのは、僕はいやだ」

「どうしてなの？」

「木を植えるということは、そういうけちな考えのものではない。木を植えるのは、もっと気宇雄大な精神のものだ」

そういってから、夫は子供の時分に、夫の家の庭にたくさん植えられていたプラタナスの木によって、どんなに自分の心がゆたかにされ、鼓舞されたかということを、彼女に話した。

――僕は、小さいころ、木といえばプラタナスのことだと思っていた。

うちの家のまわりに全部プラタナスの木を植えたのは父だ。その家は、僕が生れる前の年に建てられた。僕が物心つく頃にはもうプラタナスは大きかった。

つまり、僕はプラタナスを見ながら大きくなったようなものだ。あの青い葉っぱが茂れば、夏が来たのだし、枝と幹ばかりが空にそびえ立つ時は、冬であった。

初めてかみきり虫を見つけたのは、プラタナスの木の下だ。あの長い触角を振りまわして歩く、紺色の背中に白い斑点のある美しい虫は、つかまえると、小さな音を立てていやがったものだ。

とんぼというものを生れて初めて見たのも、プラタナスの葉のかげに張ったくもの巣のためだ。

それは、かみきり虫を見つけるより、ずっと前のことだ。僕は夕方、庭のすみのプラタナスのところで、くもの巣にかかって暴れているとんぼをつかまえた。

それは、後に僕がとんぼ取りをする年頃になってから、僕らの所で「べに」と呼んでいた雌のとんぼであった。その羽根の色、胴体から尾へ移る部分のふくらみの色、眼玉の色。なんという美しいものであったろう!

僕は、この世の中に、こんなにきれいな色をした生きものがいるということに、すっかり打たれてしまった。

そのおかげで、僕はやがてもう少し大きくなってから、とんぼ気違いになってしまったのだが。いや、子供の時だけではない。大人になってからでも、道を歩いていて、向うから連結したとんぼが地を這うようにして飛んで来るのを見ると、あわてて、帽子を取って身がまえ、よその人から笑われたことがある。

虫といえば、こわいのはいら虫だ。プラタナスの葉についている、黄色い、小さな虫だ。一度、僕は知らずに、その上を裸足で踏んで、あまりの痛さに転げまわって、泣いた。

夫のプラタナスについての思い出は、限りない。

それを、千枝はなんとなく羨ましい思いで聞いているのだ。

――うちのプラタナスの木の中で、一番高いのは、二階の大屋根よりまだ少し高かった。小学生の僕が、その木のてっぺんに登るのは、わけないことであった。

夏のおわりから秋が始まる頃に、大風が吹くと、僕は兄と二人でプラタナスの木の大枝に登って、東の方の空を見て、

「嵐だあ！」

と大声でどなった。そいつは、実に愉快な、胸のわくわくするようなことであった。

……そこまで話すと、夫はなつかしさにたえないという表情で、

「あの精神を、おれは忘れてはいかんな。大風に向って、プラタナスの大枝の上から、嵐だあと叫ぶ精神を」

千枝は、夫にそういわれると、少しばかりくやしい気がしてくる。

「あの精神を、正三にも、なつめにも、四郎にも持たせんといかん」

「心配しなくても、持っていますわ」

「いや、正三はその精神ありとしても、四郎は臆病すぎる。あいつは、村田さんの家まで一人で行くのに、なんべんも途中で引き返して来るそうではないか。あそこまで行くのに、そんなにこわがっているようでは、困ったことだ」

「ヒマラヤ杉を買うのは、やめますわ。四郎が一人で行くのをこわがるのは、あの道でよく、いじめっ子に会うからですよ」

千枝は、四郎のために弁解した。

プラタナスの木の大枝の上で、大風に向って嵐だあと叫ぶ方が、クリスマス・ツリーの

ためにヒマラヤ杉の苗木を百円で買うより、ずっといいに決まっている。

千枝は、そもそも、木に登って嵐だあと叫びたい人間であり、そんなふうに育てられてきたし、そんなふうに生きて行きたいのだ。

そんなふうに生きたくても、生きられないのが、生活なのだ。そのためにかえって傷つきもするし、苦痛もいっそう深くなるのだ。

……それから一週間ほどたったある午後、ユキ子ちゃんのお母さんがかけ込んで来た。

「この前の植木売るといっていた男ね、葉書を出したら、本当に持って来たのよ。あなたが欲しいといったヒマラヤ杉も、持って来ているの。今、運ばせるから、植える場所を決めておいてよ」

「今、お金無いわ。どうしよう?」

「なにいってるの、お金なんかいいじゃないの」

植木屋にあらざる梅吉《うめきっ》とん（とユキ子ちゃんのお母さんは呼んだ）が、奉仕ついでに玄関わきに植えて行ってくれた、ひょろひょろのヒマラヤ杉を見せられた時、夫はいった。

「うん。ヒマラヤ杉も、悪い木じゃない」

# 第三章　赤い札入れ

なつめと村田さんの家のユキ子ちゃんとは、仲よしだ。一年の時は、同じ組であった。学校の行き帰りはもちろんのこと、遊ぶ時はいつもいっしょである。

幼稚園の夏休みの時に、なつめの家族は東京へ引越して来たのである。大阪にいた時は、すぐ近所に友達が大勢いた。

お隣りの家に、いとこのあけみちゃんと、はるみちゃんがいた。あけみちゃんは、なつめの一つ年上。はるみちゃんは、一つ年下。

三人は大変仲よく遊んでいる時もあり、あけみとなつめとがいっしょになって、はるみと遊ばなかったり、はるみとなつめとがいっしょになって、年上のあけみを仲間はずれにしたり、三人の関係はその日その日によって違ってくるけれども、ともかく、姉妹といってもいいくらいの間柄であったのだ。

その二人のいとこに、同じ幼稚園へ通っている近所の友達全部と別れて、なつめは東京へ来てしまったのである。

今度の幼稚園では、いっしょに遊ぶ友達がいないわけではなかったが、その子供たちは、みななつめの家とはずっと遠く離れたところから通っているので、家へ行ったり来たりする友達は、一人もいなかった。

それで、なつめは自然、家に帰ると、ひとりで絵本を読んでいることが多かった。

なつめは、大阪にいた時から、本を読むのが大好きで、なつめのおもちゃ箱の中には、「白雪姫」や、「蜜蜂マアヤの冒険」や、「アリババと四十人の盗賊」や、「マッチ売りの少女」や、「親指姫」や、「鉢かつぎ姫」などの絵本が入っていた。

女の子は、みんなそうだが、なつめも、可哀そうな運命を持った娘を主人公にした物語が、特に好きであった。

だから、父親や母親に話をせがむ時も、なつめは、いつでも「かわいそうなお話をして」というのであった。

友達のいない東京へ引越してきて、さびしそうに見える彼女のために、矢牧は出来るだけ慰めてやろうと思うのであったが、不器用な彼は、この子に話をしてと頼まれると、

「天からねえ、どさっとねえ、大きな魚が落ちてきました」

というような、ちっとも可哀そうでない、話にもなんにもならない、ばかなことしかいえなかったのだ。

それで、夜、眠る前に母親に本を読んでもらう時以外は、なつめはひとりで黙って絵本を読んでいた。

その頃は、ユキ子ちゃんの家族は、街なかのアパートに住んでいた。アパートといっても、新しい、鉄筋のハイカラなアパートではなくて、廊下も階段も、人が歩くたびにみしみし鳴る、古い、木造の二階建てのアパートにいたのである。

ユキ子ちゃんのお父さんは、そのアパートにいるのがいやだったが、我慢しながら一生懸命に貯金をして、八年目にやっと今のところに自分の家を建てたのである。

たった二間きりの家ではあるが、土地は四十坪あるし、まわりは広々とした畑である。ガスも水道もないけれども、自然は限りなく豊富に与えられていて、都会に働いて帰ってくる者の心と身体を慰めてくれる。

街なかの、狭い、ごみごみした場所になれたユキ子ちゃんの家族にとっては、新しい住まいは、その不便なことを忘れさせるくらい、素晴らしいものであったのだ。

こうして、ユキ子ちゃんとなつめとは、同じ小学校の新一年生として出会ったのである。

二人とも友達がいなかったので、入学式の翌日から友達になってしまった。

二人が友達になったおかげで、母親同士が親しくなり、これはまた、子供以上に仲よしになってしまった。

主人の方はどうかというと、これはお互いに毎日の勤めがあるから、それぞれの家族の口から彼らのはなしの模様を聞くばかりである。日曜や祭日には、子供は相手の家へ遊びに行くのを遠慮するという習慣が、いつからともなく、出来てしまった。

これは、一週間の通勤生活の疲れを休めるために、彼らの父親が甲羅を乾している時には、せめてその休息をかき乱すことのないようにという、妻たちの思いやりから出たことである。

もし、彼らの生活水準がよくて、一週間働いてなお余力があるならば、たとえば矢牧氏が村田氏を誘って、夫妻で日曜の半日をテニスをやって過ごすというふうなこともあっていいのだ。

もし、そういうことができるならば、どんなにか生活は快適で、若々しいものとなるだろう。だが、実際には、矢牧氏も村田氏も休日には昼近くまでぐずぐず眠り、やっと起きるともう一日は残り短く、その残された夕方までの時間を、ただもうなまけもののように過ごすしか能がないかのように見える。

新学期が始まってまもない頃であった。学校から帰ってから、家の前の道でユキ子ちゃんとマリつきをして遊んでいたなつめが、急に家へ入ってきて、

「お母ちゃん。ユキ子ちゃんと給食のナプキン、買いに行ってもいい？」

と聞いた。

給食の時に机の上に敷くビニールのナプキンのことで、なつめに去年買ってやった分が、だいぶ前から端が破れていたのである。

千枝は、そのビニールのナプキンが破れていることも、なつめがそれで辛抱していたことも、知っていた。

もうそろそろ、新しいナプキンを買ってやらなくてはいけないと思っていたところである。

「ユキ子ちゃんのも、破れてるの。だから、いっしょに買いに行っていい」

なつめがそういうのを、横でユキ子ちゃんが、同じように千枝の顔を熱心に見上げている。

「いいわ。お金あげるから、二人で買っていらっしゃい」

千枝は、ナプキン二枚分の代金七十円を、赤いビニールの札入れに入れて、

「ユキ子ちゃんの分のお金も、いっしょに入れておくわね。帰りにもらえば、同じことだから」

といった。

学用品を買ったりする時、よくそうするのだ。ユキ子ちゃんのお母さんが立替えてくれ

る時もあり、千枝の方で立替える時もある。

その時々で、都合のいいようにするのである。

その赤い札入れを、千枝はユキ子ちゃんに渡して、こういった。

「なつめは、よく物を落すから、ユキ子ちゃん、持って行ってね」

ユキ子ちゃんは、ぱっちり開いた、賢こそうな眼で、うんとうなずいた。そして、受け取った札入れを、スカートの締まっているところに挟み込んで、それを両手で押えるようにした。

「気をつけて行くんですよ」

「行って来まーす」

なつめとユキ子ちゃんは、たちまち外へかけ出した。

家の前まで出て千枝が見ていると、二人はいかにもうれしそうに走って行く。やがて、その姿は、麦畑の間の道にかくれ、二人の小さなお河童の頭だけが飛び上りながら遠くなって行った。

千枝は、家の中へ入った。

縁先で、四郎が金槌をもって、なにやらこつんこつん叩いている。

(何を叩いているのかしら?)

そう思って、彼女がそばへ行ってみると、それは昨夜、要らなくなったので四郎にやった懐中電燈の乾電池であった。

その丸い、光沢のある筒を、四郎はかなづちで叩いているのだ。

「四郎ちゃん、なにをしているの?」

その声にびっくりして、四郎の身体が飛び上りそうに見えた。

この子は時々、こんなふうになる。

「ぼく、えんぴつ、出すねんもん」

「えんぴつ?」

千枝は驚いて、四郎の顔を見た。

なるほど、電池の中に入っている炭素棒のことを鉛筆といっているのだ。

「ふーん。鉛筆ねえ」

彼女は、感心してしまった。

「どうして、鉛筆が入っていること、知っているの?」

「正三兄ちゃんが、見せてくれたもん」

「いつ?」

「うー、おとつい」

四郎は、こんなふうに、言葉がすっと出ない時がある。

「うー」というたびに、兄の正三と姉のなつめから、

「また、うー、いっている」

と叱られるのだ。

ところで、このおとついは、あてにならない。四郎の時間の観念は、全くでたらめで、三月ほど前のことでも「一昨日」であったり、「この前」というのが一年ほど前のことであったりする。

ともかく、四郎は、正三が乾電池をこわしているところを見て、中に「えんぴつ」が入っていることを知ったらしい。

「ぼくちゃん、鉛筆出すのはいいけどね、そこでかなづちをこんこん叩いたら、お縁側がへこんでしまうわ。外の、石の上でやってごらん」

四郎は、ふんというと、金槌と乾電池の筒を持って、靴をはいて庭へ出て行った。

「その石の上がいいわ」

千枝は、四郎がおぼつかない手つきで、滑りやすい乾電池の筒を、大きな石の上にのせようとして何度も失敗するのを縁先に立ってしばらく見ていたが、部屋へ入ってブラウスやハンカチのアイロンかけを始めた。

千枝は、アイロンかけに夢中になっていたが、ふとなつめの帰りが遅いのに気がついた。

「おや、どうしたんだろう?」

上たっている。

彼女は、アイロンを動かす手をやめて、時計の方を見た。もう出かけてから、一時間以上たっている。

しっかりしたユキ子ちゃんといっしょだから、まさか心配なことはないと思うけれど、ちょっと帰りが遅い。

「ああ、きっと帰りにユキ子ちゃんの家で遊んでいるのだわ」

千枝は、そう思った。二人が買ってきたばかりのビニールのナプキンをお家にして、さっそくお人形さんごっこでもしているのだ。

アイロンをかけ終ると、千枝は家のまわりを掃こうと思った。春の風が木の葉っぱや紙屑などを吹き飛ばしてきて、それがまわりにたまっている。

そして、ときどき風に吹かれてくるくると舞っているのだ。

箒を持って外へ出ると、四郎が一向にらちのあかない作業に、少々腹を立てていた。四郎の力では、乾電池の筒をこわして、鉛筆を手に入れることは、むつかしそうである。

犬小屋の前で、ベルが腹ばいになって日なたぼっこをしながら、四郎のすることを見ている。

ベルは、四郎たちがこの新しい家へ引越してきた時にもらった犬だ。ベルをくれたのは、駅の近くの理髪店の主人で、その時は、まだベルは生れて一と月にしかならない仔犬であった。

それが、今では矢牧家で無くてはならない大事な存在になっている。野中の一軒家だのに、夜、家族の者が安心して眠れるのはこのベルのおかげだ。

ベルは夜中目を覚ましていて、あやしい者が近寄るのを防いでくれている。そして、昼間はこんなふうに、いつでも腹ばいになって、居眠りをしたり、ぼんやりと夢見心地でいるのだ。

四郎に向って、父が家族の名前をいってごらんというと、四郎はまず自分の名前をいい、それから父、母、兄、姉と順番にいってきて、最後はこういうのだ。

「それから——矢牧ベル」

すると、みんな大笑いだ。

ベルが何種の犬かは、誰も知らない。日本犬の雑種であろうという、はなはだ漠然としたことしか考えていない。

ただ、雑種に違いはなく、いろいろあげれば欠点の多い犬であるが、よく番犬の役目を果たしてくれているという点で、家族の者から感謝されている。

……四郎が金槌をもって乾電池を叩いているのと、それをうつらうつらしながらベルが眺めているのとは、よく似合っている情景だ。間が抜けていて、可愛らしい。

千枝は、そう思いながら、箒で家のまわりを掃き始めた。

そこへ、「ただいまあ」と元気な声を出して、正三が帰って来た。

「お帰り。なつめとユキ子ちゃんに会わなかった？」

「ううん。会わないよ」

正三は、顔に汗をいっぱいかいている。

「学校の購買部へ、給食のナプキンを買いに行ったんだけど、まだ帰って来ないのよ。ユキ子ちゃんのお家で、遊んでいなかった？」

「見なかったよ」

正三は、かばんを脱いで台所に上ると、井戸水のポンプを押して、コップに二杯、続けさまに水を飲んだ。

もし、ユキ子ちゃんの家にいないとしたら、どこにいるのだろう？　だが、正三は家の横を通っただけで、むろん家の中になつめが遊んでいたか、どうかは知らないはずであった。

千枝は、しかし、急に不安になってきた。

「正ちゃん、ちょっとユキ子ちゃんの家へ行って来て」

母にそういわれると、

「ち、なつめのやつ、しようがないやつだなあ」

正三は、不服である。

「ねえ、そんなことという間に行って来られるじゃないの」

「ばかな子だよ。なつめは」

「そら、飛び出せ」

「仕方がない。行って来てやる」

帰って来たばかりの正三は、また靴をはいて、それから寝そべっているベルの頭をちょっとなでてやり、

「早く早く」

とせき立てられて、しぶしぶ家を出て行った。

なつめが学校へ行く時は、いつもユキ子ちゃんといっしょだし、始まりが同じ時は正三もついているから、千枝はあまり心配はしない。しかし、なにかの都合で、なつめが一人の時もある。

畑の中を通って、小さな牧場の横を歩いて行く道は、とても景色がいいし、身体のためにはこの上ない通い道だが、いつも人気《ひとけ》がない。それで千枝は、やっぱり、心配なのだ。

いつもはそのような心配は忘れてしまっていて、平気でいるのだけれども、たまに帰りがひどく遅いと、その心配はたちまち大きくなってくるのだ。

あの道を通って学校へ行く子はなにもなつめ一人ではなく、そうしてみんな無事に通学しているのだから、心配することはないのだし、それに心配し始めたら、きりのないこと

なのだ。しかし……。

正三が帰って来た。

「いなかったよ」

「ユキ子ちゃんも？」

「うん、なつめもユキ子ちゃんもいないって」

千枝は、それを聞くと、胸のあたりが締めつけられるような気がした。

（では、どこで遊んでいるのかしら？　学校で遊んでいるのだろうか）

正三は、四郎のところへ行った。

「お前は、なにをしてるんだ」

「ぼく、えんぴつ、ほしいねんもん」

「ばかだなあ、お前は」

「そやけど、えんぴつ、ほしいもん」

正三は、呆れたようにいった。

「お前の力で、それをこわそうたって無理だよ」

「そんなら、兄ちゃん、叩いてくれ」

「叩いて下さいというんだよ。四郎は礼儀も作法も知らんからなあ」

そういって正三は四郎から金槌を取って、いきなり乾電池を一撃した。その音に、眠りかけていたベルの身体が、地面から飛び上った。

「ユキ子ちゃんのお母さん、なにかいっていた？」

千枝は、正三に尋ねた。

「ユキ子ちゃんのお母さんが？」

「いなかったよ」

「うん」

「じゃ、誰もいなかったの？」

「タカ子ちゃんだけいた」

「タカ子ちゃん、なにかいっていた？」

「いわないよ。えいっ」

正三は、乾電池の筒をとうとうこわしてしまった。

「わあ、えんぴつ出てきた」

四郎は大よろこびである。

ユキ子ちゃんのお母さんもいないということを聞いて、千枝は「おや？」と思った。

（ひょっとしたら、行きがけに二人が家へ寄ったので、ついでにユキ子ちゃんのお母さんがついて行ってくれたのかもしれない）

そう考えると、締めつけられていた胸が、急に楽になった。

「心配することはないわ。大丈夫よ」

千枝は自分で自分にそういって聞かせ、家のまわりの掃除を始めた。

庭のすみでは、正三がえんぴつをくれないので一騒動起った。四郎が、

「ボクのえんぴつー」といって泣き出し、「やったじゃないか。欲ばりだなあ、この子は」と、正三がどなっている。

いつでも、この調子だ。うるさくなると、正三は弟の頭を叩いて、逃げ出すのだ。

「お兄さんでしょう、正三は。四郎と同じように喧嘩したら、だめよ」

千枝はそういって叱るのだが、一向に効き目がない。ほんとうにつまらない木の切れはしのようなものでも、本気になって取り合いをするのだから、岸素棒なら取り合いするに決まっている。

四郎の方は、「えんぴつ」を全部くれないので、いのちを無くしたように泣いている。正三の横取りした「えんぴつ」を全部四郎に返させて、その代り正三には林檎を一個やって、やっとどうやら、おさまった。

そんな騒ぎで外まわりの掃除もひまがかかり、夕方の買物に行かなければならない時刻になった。

(それにしても、遅いわ。ユキ子ちゃんの家へもう一度行って見よう)

そう思って、買物かごをさげて、留守を正三にいいつけておいて千枝は家を出た。

ベルが、千枝をひがみっぽい目つきで見送っている。

(散歩に連れて行ってくれたらいいのに、知らんふりをしている)

そんな顔をしているのが、千枝にはおかしくてならない。この時、麦畑の中の道を、向うから子供らを連れたユキ子ちゃんのお母さんが来るのが見えた。

「まあ、よかった!」

千枝は、胸の中がいち度にすっとして、なんともいえない気持だ。買物籠を振り上げるようにして走り出した。

なつめとユキ子ちゃんは、変な顔をして千枝が来るのを見ている。

「矢牧さん、どうもすみません」

ユキ子ちゃんのお母さんは、すっかりくたびれたような顔をして、そういった。

「どうしたの、いったい?」

「それがね、申し訳ないことをしてしまったのよ。ユキ子がね、あなたの札入れを帰りにどこかで落してしまったの」

「なあんだ。そんなこと?」

「なあんだって、皮のいい札入れでしょう?」

千枝は、笑い出した。

「違うのよ。ビニールの安物の札入れよ」

「おやおや、ひどい目に会ったわ。そうなの」

ユキ子ちゃんのお母さんは、がっかりしたようにいった。

「あたしはまた、皮のいい札入れだとばかり思ったもんだから、今まで二人を連れて、一生懸命探していたのよ。なーんだ。ビニールの札入れ?」

「そうよ。あんなの、落したって構わないわ」

「だって、ユキ子に聞いたら、赤い皮の財布だっていうから、上等の財布だとばっかり思い込んで、矢牧さんに気の毒だから、どうしても探し出さなくちゃと思って。始めからビニールの札入れと分っていたら、行くんじゃなかった」

それからユキ子ちゃんのお母さんが、くわしく話をしてくれたのを聞くと、こうだ。

二人は行く時は、まっすぐに学校まで行って、給食のナプキンを買ったのである。ところが、ユキ子ちゃんの家まで帰ってから、札入れが無くなっていることに気がついた。

確かにユキ子ちゃんのスカートの締まっているところに、挟み込んでおいたというのである。

お母さんがびっくりして、二人を連れて、もう一度、さっき行った通りの道を歩いてごらんといいつけて、探しに出かけたのだ。

ところが、帰りに二人の通った道は、とんでもないところを歩いているのだ。

幅一米くらいの溝を飛び越して、笹の茂った丘の上へ登って行ったかと思うと、田圃の中をぐるぐるまわって、いきなり竹やぶの中へ入って行くのである。

どうしてこんなところまで来たのかと思って聞くと、あの木の下に山羊が二匹つないであったからだという返事だ。なるほど、山羊が二匹、はるか向うの野原の端に見える。

なつめとユキ子ちゃんがたどったコースは、とても道草などというものではなかった。大人の想像も及ばない歩き方を二人はしていたのだ。

……その話を聞いて、千枝はなんだか知らないが、とても羨ましい気持がして、じっと子供の顔を見ていた。

# 第四章　えびがに

正三が近くの小川から取って来たえびがにである。

五匹取って来て、そのうち二匹を弟の四郎にやった、四郎は大よろこびだ。

お母さんにガラスびんを出してもらって、それに水を入れて、えびがに二匹と、目高を一匹入れた。この目高は、正三がえびがにを取る時に、ついでに網に引っかかった一匹だ。

茶色のガラスびんの中で、二匹のえびがには、おとなしく、じっとしている。びんの色と似ているのと、ガラスのせいで、えびがにの姿がよく見えない。

それに、目高は、大きなえびがにが二匹も入っているので、そのしっぽにかくれて、とても窮屈そうだ。

四郎は、えびがにをもっとよく見たいのである。広いところで、歩きまわらせて見たい。それで、台所へ行って、洗面器をもって来た。そして、びんをさかさにして、二匹のえびがにと一匹の目高を、洗面器に移した。

今度は、よく見える。えびがには、広いところへ出されたので、のびのびしているようだ。

四郎は、えびがにを見るのは、これが初めてである。本当いうと、少しこわいのだ。正三に、「つかんでみろ」といわれたが、手を出しかけて、すぐに引っこめた。名前のとおり、えびのかたちをしていて、脚に蟹のようなはさみをつけている。

そんな奇妙な恰好をしていて、ごそごそ這いまわったり、じっとしているかと思うと、不意にはねたりする。

こういう変なやつが、小川の水の中に隠れているのだ。

四郎が洗面器の中のえびがにを、こわごわのぞいていると、なつめが外から帰って来た。

「あ、えびがに」

というと、いきなり手をのばして、一匹つかんだ。

「ぼくのえびがにー」

たちまち四郎が、泣きそうな声を立てる。

「なにも取らないわ。見るだけよ」

「うー、それでも、これ、ぼくのえびがにやもん」

「見るだけといっているじゃないの。けち虫ねえ」

そういいながら、指ではさんだえびがにが体をゆっくり動かすのを平気で見ている。ちっともこわがらないのである。

四郎は、どうやら安心したらしい。なつめからけち虫といわれたが、四郎のはけちんぼうかというとそうともいえないところがある。自分の持ち物を失うことがなによりも辛いので、欲が深いというのとはまた少し違うのだ。

自分の持ち物を大切にするという気持が非常に強いのである。

だから、四郎がいつも坐っているざぶとんに他の者がちょっとでも坐ろうとすると、

「ぼくのざぶとん」

と、泣きそうな声を出すし、四郎の寝床の上に、誰かが足をのせようものなら、たちまち、「ぼくのふとん」といって抗議するのである。

ある時、寝そべっていた父親が、いたずら半分に、そばに寝ていた四郎のおなかの上に頭を乗せると、

「ぼくのおなかー」

といい出したので、さすがの父親もそれには感心してしまったということがある。

これは、けちんぼうというものだろうか。

この四郎という子供にとっては、世界は、自分の持ち物と、自分の持ち物でないものとの二つにはっきり分れていて、自分の持ち物を愛する気持が全く純粋に強いのではあるまいか。

そのために、自分の持ち物に他の人間が手を出すということは、死ぬほど辛いことに思えるのだ。

なつめは、えびがにを一たん、洗面器の中に戻した。そして、今度はちり紙を持って来て、小さくちぎって、もう一匹のえびがにをつかんでその脚の先の鋏にはさませた。

えびがにがしっかりと紙をはさむのを見て、四郎は声を上げてよろこんだ。

「ぼくちゃん、持ってごらん」

なつめにそういわれて、四郎も紙を挟んでいるえびがにに手を出しかけるが、そばまで行くと、ひやーっと叫んで、手を引っこめ、顔も身体もいっしょに震わしている。

「こわがりやねえ、なんにも嚙《か》んだりしないわ。つかんでごらん。ほら」

なつめは、なんとかして臆病な弟に、このえびがにを持たせようとして、勇気づけるのである。

四郎のほうでも、自分の手で自分の持ち物であるこの変な生きものをさわって見たい気持は十二分にあるので、そのたびに手をそろそろとさし出すのだが、そばまで行くと、えびがにが急に怒ってあばれ出しそうに見えて、こわくなる。

「ほんとに弱虫やねえ」

なつめはとうとう諦めて、四郎を残したまま、ユキ子ちゃんの家へ遊びに行ってしまった。

そのあと、四郎はひとりきりで、洗面器の中のえびがにと目高を見ていた。時々、えびがにはのろのろと動いて、その脚が目高の上にのっかる。するとも四郎は大きな声で叱るのだ。

「えびがにのばか、あし、のけえ」

えびがにの脚が目高から離れるまで、叱るのを止めないのである。

タカ子ちゃんが遊びにやって来た。

四郎は、たちまち得意になって、大声を出してタカ子ちゃんを呼び入れる。

「タカ子ちゃん、来てごらん。こわいものがあるよ」

タカ子ちゃんは、四郎より一つ年上で、頭につむじが二つある。頭につむじが二つある子は、なかなか利《き》かん気で、強情《ごうじょ》っぱりだというけれど、タカ子ちゃんもたしかにそういうところがある。

姉のユキ子ちゃんよりもずっと気が強くて、時々、喧嘩になると、泣き出すのはいつでもユキ子ちゃんの方だ。

ある時など、ユキ子ちゃんが大事にしている着せかえ人形を取り合いっこして、とうとうそれを雨の降っている庭へ放り出してしまい、ユキ子ちゃんは泣き出してしまった。

お母さんがタカ子ちゃんをひどく叱って、その着せかえ人形を庭から取って来なさいといったが、タカ子ちゃんは行こうとしない。ユキ子ちゃんにあやまりなさいといっても、口をつぐんだきり、じっとしている。

それでとうとうお母さんの方が根負《こん》けして、すっかり雨にぬれてしまった人形を庭から取って来た。

タカ子ちゃんは、そういう頑固なところがある。しかし、意地悪をしたりしない。男の子のようなさっぱりした気性は、お母さんに似ている。

洗面器の中にいるえびがにを見て、タカ子ちゃんは別に驚いた顔もしない。

「ねえ、こわいでしょ。このえびがに」

四郎は、いかにもこわそうな声を出して、タカ子ちゃんの顔を見るのだが、タカ子ちゃんの方はちっともこわがらないので、ひとりでますます恐ろしそうな顔をして、震えたりしてみせる。

「このえびがに、お兄ちゃんがぼくにくれたんだよ」

四郎は、タカ子ちゃんと話す時には、たまに東京言葉を使うのである。タカ子ちゃんだけでなく、洗濯屋の小父さんや米屋の小僧さんにも、突拍子もない時に、東京言葉をしゃべる。

子供ごころにも、家族の間ではいつもの言葉でいいが、外から来る人には東京言葉で話さないといけないという気持が働くのであろう。やはり無理しているのである。

タカ子ちゃんは、えびがにの背中のあたりを指の先でちょっとつついてみようとしたが、えびがにが水の中ではねたので、びっくりして手を引っこめた。

それを見て、自分もあわてて身体を引っこめた四郎は、「わあー」と叫んで、畳の上にいきなり引っくり返った。

「えびがにーあばれたー」

そういって、足をばたばたさせている。

タカ子ちゃんが遊びに来ると、四郎はいつでも大よろこびで、大いにサービス精神を発揮する。

もしタカ子ちゃんが「タカ子、もうかえる」といい出すと、四郎は一生懸命になってタカ子ちゃんを帰すまいとするのだ。

たとえば、タカ子ちゃんが四郎の持っているゴムまりを欲しがり、四郎はそれを貸すのを渋ると、タカ子ちゃんはすぐに切札を出す。「タカ子、もうかえる」といい出すのだ。するといい、四郎は、帰られては困るし、まりを貸すのは辛いし、どうしていいか分らなくなる。タカ子ちゃんは、しまいには靴をはいて外へ出て行くので、四郎は我慢ができなくなり、とうとうまりをしぶしぶ貸すようになる。

いつでも、同じことを繰返している。

タカ子ちゃんが来てくれない時は、四郎は自分から呼びに出かけるのだが、それまでがなかなかだ。

「タカ子ちゃんと遊びたいのなら、呼んでいらっしゃい」

そう千枝にいわれて、外へ出て行くが、門の外まで行ったかと思うと、すぐに戻って来る。

「何をぐずぐずしているの。早く走って行っていらっしゃい」

千枝は四郎がなかなか行く決心がつかない理由を知っている。前に二、三度、タカ子ちゃんの家へ行く途中で、年上の男の子に出会って、石を投げられたことがあるからだ。

それ以来、四郎は一人ではなかなかタカ子ちゃんの家へ行けない。

「さあ、お母ちゃんがここで見ていて上げるから、走って行きなさい」

千枝は臆病な四郎を叱りつける。そこで四郎は仕方なしに家を出て行くが、二十米ぐらい行ったかと思うと、走って帰って来る。

「かあちゃん、ちょうちょうがね、とんでたよ」

そんなことをいうのだ。

また叱られて、家を出て行く。また途中から引返して来る。また叱られる。それを五、六回くり返して、最後に、麦畑の中の道の真中へんまで行ったかと思うと、物につかれたように、急に一目散にタカ子ちゃんの家をさして走って行く。

そんなにしてやっとタカ子ちゃんの家まで来ると、家へ入って行かないで縁側の硝子戸の外に立ったまま、小さな声で、

「タカ子ちゃん、来てほしなあ。タカ子ちゃん、来てほしなあ……」

と、まるでひとりごとをいうようにして、家の人がそれに気がつくまで、いつまでも繰返しているのだ。

だからタカ子ちゃんのお母さんは、半時間ほど、四郎が縁先に来ていることに気づかずにいて、びっくりすることもあった。

四郎とタカ子ちゃんとは、かわるがわる台所へ行って、小さなガラスびんに水を汲んで来ては、えびがにの上から注いだ。

大人から見れば、いったい何が面白くてそんなことをするのだろうと思われるようなことである。

一口に水を汲むといっても、この二人に取っては簡単なことではない。まずガラスのびんを、この辺に水が落ちそうだと思えるところに置く。それからポンプにぶら下がるような恰好で、水を押し出す。

飛び出した水は、生憎《あいにく》、小さなガラスのびんの少し手前に落ちる。

そこで、今度はガラスびんを、さっきよりも少し手前に近づけておいて、もう一度、ポ

ンプにぶら下がる。

おっと、今度は行き過ぎだ。水はびんの上を越して、向うへ落ちる。また、びんの位置を変える。

この次には、どっと出たたくさんの水の中で、ほんのちょっぴり、びんの口の中へうまく入ってくれる。こんなことを四、五回やって、やっと小さなびんが水でいっぱいになると、それを大事そうに持って、途中で畳の上にちょっとこぼしたりしてえびがにのところまでたどり着く。

それを、えびがにの背中にかける。えびがには知らん顔をしている。それから、またびんを持って、台所へ走ってゆく。

時々、えびがにが動いて、その脚が目高にさわると、

「こらー、えびがに。あし、のけえ」

とどなる。

このようにして、子供の時間は過ぎてゆく。

「タカ子、もうかえりなさい」

台所から、ユキ子ちゃんのお母さんの声が聞える。もう夕方である。

「まあまあ、畳の上に水をいっぱいこぼして、ばかねえ」

「いいのよ、こんなくらい」

「ごめんね、奥さん」

「洗面器ごと引っくり返さないだけ、感心な方よ」

ユキ子ちゃんのお母さんは、子供らのそばからのぞきこんだ。

「あら、えびがに？」

「そうよ、正三が取って来たの。こんなもの、いっぱい取って来て、どうする気かしら？」

「ほんとにねえ。佃煮にでもできるんだったら、大いに取らせるんだけど」

大人は、すぐそういうことを考える。それから、えびがにがしゃこに似ているとユキ子ちゃんのお母さんがいい出した。

ユキ子ちゃんのお母さんは、にぎりずしが好きである。すると、千枝がいった。

「ほんと。似ているわ。でも、一番最初にしゃこを食べた人間は、とても勇敢な人だったと思わない？」

「そうねえ。あんな変なかたちをした生きものを、よく食べたわね」

ユキ子ちゃんのお母さんは、なるほど初めてそのことに気がついたというふうに、感心した声を出した。

「えびやかにだってそうよ。いまでこそ、だれでも当り前みたいな顔をしてえびフライを注文したり、かにの脚を箸でつついたりしているけれど、人類で最初にえびやかにを食べた人は、偉大な人ね」

千枝は、大発見をしたようにいうのである。何も驚くことはない。人間はなんでもやる、なんでもやってみなければ気が済まない動物だ。しゃこでも食べるし、ドルフィン泳法（水泳のバタフライの新しい泳ぎ方）もやる。そこが人間のいいところだ。

えびがにの話から、ユキ子ちゃんのお母さんが昨日の昼、見て来たフランス映画の話になった。

ユキ子ちゃんのお母さんの唯一つの楽しみは何かというと、子供に留守番をさせておいて、一人で場末の街に出て行って、思いきりロマンチックな恋愛映画を見て、その後で安いにぎりずしをうんと食べることだ。

千枝の方は、にぎりずしはむろん好きだけれども、ロマンチックな恋愛映画には興味がない。彼女は、西部劇かミュージカルがいい。

その点ではユキ子ちゃんのお母さんと意見を異《こと》にする。千枝がいかにだれそれの振り返りざまの射撃があざやかなものかを説いても、だめであった。西部劇のどこが面白いのか、あんなものを喜んで見る人の気が知れないというのである。

反対に、千枝はユキ子ちゃんのお母さんがいいというフランス映画の俳優が、まるで面白くなかった。ああいう、熱っぽい、自信満々の顔を見ると、うんざりして、とても終りまで見る気がしないというのだ。

それだから、映画の話になると、お互いに相手の好みを尊重して、自説を主張しないことに二人は決めているのである。そうしないことには、必ず喧嘩になるに決まっている。

えびがに遊びの子供らを忘れてしまって、二人が映画の話に夢中になっていたら、タカ子ちゃんの方から、

「かあちゃん、もうかえろう」

と催促した。

「あらあら、ついおしゃべりしてしまったわ。お邪魔しました。じゃあ、四郎ちゃん、また明日ね」

「さよなら。タカ子ちゃん、また来てね」

タカ子ちゃんとお母さんは帰って行った。

四郎はえびがにを入れた茶色のガラスのびんを縁の上に置いたまま、庭へ出て行った。ベルが、自分のしっぽを追いかけて、くるくるまわっている。四郎が出て来たのも知らずに、夢中になってやっている。

そのうちに、自分のしっぽが、自分のしっぽでない、何か他の生きもののように見えて来るのだろうか。とうとう最後に自分のしっぽに勢いよくかみついて、鳴き声をたてた。それを見て、四郎はびっくりして飛び上った。

……あくる朝のことである。

四郎が眼をさます時は、正三もなつめももう学校へ出かけた後である。家にいるのは母だけで、家の中はひっそりしている。

「かあちゃん、ぼく、この世の中で、いーちばん、おそろしい夢みた」

起き出して来るなり、四郎がそういったので、千枝はふき出してしまった。

「なに？　ぼくちゃん。もう一回いってちょうだい」

「あのね、この世の中で、いーちばん、おそろしい夢みた」

（この子はまあ、時々、変なことをいい出す）

と千枝は思った。

（この世の中で一番おそろしいなんて、どうしてそんな言葉を覚えたんだろう？　絵本の中にあったのかしら……）

「どんな夢？　その夢」

「えびがにがねえ、大きい、大きいえびがにになってねえ、こんなになって、うちの前を歩いているの」

そういいながら、四郎は、この世の中で一番恐ろしいえびがにの姿を、両手を頭の上にあげて、その指を折り曲げて千枝に見せた。千枝は、ふき出しそうになるのを辛抱しながら、

「それで、どうしたの？」

と尋ねた。

「それで、ぼく、こわいーって泣いた」

四郎の夢は、それでおしまいであった。

不思議なことに、四郎が縁先へ出て行ってみると、茶色のガラスびんに入れてあったはずのえびがにが、二匹ともいなくなっていた。

夜の間に、逃げ出してしまったのだろうか。

からっぽのびんの中には、目高だけがぽつんと残っていた。

# 第五章　ゴムだん

なつめの学校では、ゴムだんがはやっている。

ゴムだんというのは、女の子の遊びである。細いゴムひもの両はしを二人の子が持っていて、それを飛び越すのだ。

低いうちは、楽に飛び越えるのだが、高くなって来ると、地面に手をついて、ちょうどとんぼ返りをうつような恰好で、越すのである。

なつめはゴムだんを持っていなかったが、或る日のこと、となりの机に坐っている松本たけし君に「ジャックと豆の木」の絵本を貸してあげると、たけし君は、

「あすゴムだんをもって来てやる」

といった。

男の子のたけし君が、どうしてゴムだんを持っていたのか分らないけれども、その言葉

の通り、あくる日、つぎだらけのゴムだんを学校へ持ってきて、なつめにくれた。

つぎだらけのゴムだんだが、なつめはとてもうれしくて、たけし君に、

「ありがとう」といった。

なつめはその日学校から帰るなり、千枝にもらったゴムだんを見せた。

「おやおや、つぎだらけね」

千枝は呆れた顔をした。多分、そのゴムだんは、松本たけし君がお姉さんのお古をもらって、大事にボール箱の中にしまってあったものだろう。

そのボール箱の中には、大人の思いもかけないものが、いっぱいしまってある。新聞のはさみ広告、雑誌の付録のそろばん、インドの絵葉書、去年のクリスマスにもらった象のかたちをしたチョコレート、きれいにしわをのばした煙草の銀紙、くぎ、木の葉、そんなものが、しまってあるに違いない。

なつめは、松本たけし君のくれたつぎだらけのゴムだんを持って、ユキ子ちゃんの家へ走って行った。そして、タカ子ちゃんはまだ出来ないので、垣根の竹の棒と、春休みにお母さんが買ったもちの木にゴムだんを結びつけて、ユキ子ちゃんと二人、夕方暗くなるまで遊んだ。

そのゴムだんをなつめは大事にしていたが、十日ほどして、無くしてしまった。

なつめはたしかにスカートのわきのポケットに入れてあったというのだが、探してもど

こにも見つからなかった。

なつめはしょんぼりしている。

どうしてか、なつめはよく物を無くす。幼稚園へ行っていた時分からそうだ。胸につけておくハンカチを、何度も無くして帰って来るので、そのたびに千枝に叱られたものだ。どんなに口を酸《す》っぱくして千枝が注意しても、だめであった。小学校へ行くようになってからは、いくらかましになって来たが、それでも時々、無くして来る。

なつめがしょんぼりしているのを見ると、千枝は可哀そうに思った。

(あんなつぎだらけのゴムだんでも、無くすと、がっかりするんだわ)

彼女は、そう思って見ていた。

なつめは、新しいゴムだんを買ってほしいといい出したが、千枝ははねつけた。

「だめよ。あんたは、なんでもすぐに無くしてしまうから。もっと物を大事にするくせをつけないといけないわ」

なつめは、諦めたのか、それきりゴムだんのことは口にしなかった。

しばらくたった或る日のこと、千枝が駅の近くへ買物に行った帰り、ふっと駄菓子屋の店先をのぞくと、ゴムだんを置いてあるのが眼にとまった。

千枝は店の奥にいた小母さんに声をかけた。

「おばさん、このゴムだん、おいくらですか?」

すると、小母さんは奥から出て来て、

「一本二円です」

といった。

千枝は、本当にびっくりしてしまった。まさか、そんなに安いものと思わなかったのである。

「へーっ、一本二円？」

一本二円でゴムだんが買えるものと知っていたら、もっと早く買ってやればよかった。そして松本たけし君にもらったつぎだらけのゴムだんを無くした時も、そんなに叱るほどのこともなかったような気がする。

千枝は、なつめに可哀そうなことをしたと思った。

それから、ユキ子ちゃんのお母さんも、やはり自分と同じように、ゴムだんを一本二円とは知らずに、ユキ子ちゃんに買ってやらないでいるのだと思った。二人とも、何となく、子供が買ってほしいとせがむものは、人形なんかと同じように高いものと思い込んでいるのであった。

百貨店へ行っても、子供のおもちゃだって百円以下で買えるものはないという、漠然とした考えが頭にあったからである。

ユキ子ちゃんのお母さんが、自分とそっくり同じことを考えていると思うと、千枝は今度は何となく愉快になって来た。

（よし、ユキ子ちゃんにもタカ子ちゃんにも、それから四郎にも買ってやろう）

と思った。

「あのね、それじゃ、五本下さい」

千枝は、十円玉を小母さんに渡した。これで、四人の子供に一本ずつやって、一本まだ余分にある。それは、とてもゆったりした気分のする買物であった。

千枝は帰り道を急いだ。

家に着くと、なつめとユキ子ちゃんは庭でマリつきをして遊んで居り、四郎はタカ子ちゃんを三輪車にのせて、後を押しているところであった。

「かあちゃん、おみやげ、かってきた？」

四郎が三輪車を放り出して、走って来た。

「チューインガム、かってきた？」

「チューインガムより、ずっとずっといいもの」

「なにやのん？」

四郎がそういって尋ねる。

「ほら、ゴムだん」

その声を聞いたとたん、なつめはわっといって、千枝のところへ飛んで来た。

「お母ちゃん、ゴムだん買ってくれたの？」

「うん。ユキ子ちゃんにも、タカ子ちゃんにも、みんなに買って上げたのよ」

「わあ、うれしい」

なつめは、千枝の手からゴムだんを引ったくると、

「ぼくのゴムだんー」

と泣きかける四郎にさっと一本押しつけ、走って行って、ユキ子ちゃんとタカ子ちゃんに一本ずつ渡した。

「あとの一本は？　正三兄ちゃんの？」

「お母ちゃん」

そういって、千枝はなつめの手から残りの一本を受け取り、

「みんな、無くさないように気をつけるのよ」

といって家の中へ入った。

……翌朝、ユキ子ちゃんのお母さんがやって来た。

「矢牧さん。昨日はどうも済みません。うちの子供まで、ゴムだん買ってもらって」

「いいのよ。大したことないわ」

「でも、気の毒だわ。うちでもね、ユキ子がこの前から買ってくれ買ってくれってやかましかったんだけど、すぐに無くすからいけませんといって買わなかったのよ」

ユキ子ちゃんのお母さんは、人に物を上げるのは平気だけれども、人からちょっとでも何かもらうと、すっかりあわててしまって気の毒がる人だ。

千枝は黙っていようかと思ったが、そのうちについ笑い出してしまった。

「どうしたの？　おかしいひとねえ」

「あのね、あのゴムだんねえ、いくらしたと思う？」

「さあ、分らない」

ユキ子ちゃんのお母さんは、かぶりを振った。

「一本二円よ」

「まあ、ほんと？」

ユキ子ちゃんのお母さんは、信用しないような顔をして、千枝の顔を見つめた。

「ほんとよ。あたしも、それを聞いてびっくりしたの。たった二円だなんて」

「なーんだ。それじゃ、損したわ。わざわざお礼をいいに来たりして」

そこで二人は、声を立てて笑った。

「全く、あたしたちと来たら、貧乏性になってしまって、子供が何か買ってくれといったら、とてもお金がいるような気がしてしまうんだもの。情ない話だわ」

ユキ子ちゃんのお母さんは、つくづくとそういうのである。

「そうよ。こちらがびくびくしているから、そう思い込んでしまうのね。ゴムだん一本二円と分っていれば、百本だって買えるわ」

「ほんとにねえ」

二人は、それから子供の教育とぜいたくということについて話し始めた。

人はぜいたくということはいけないことと頭から決めているけれど、ぜいたくが必要な時がある。たとえば、子供がクレオンで絵をかく時、うんと大きな画用紙を与えて、惜し気《げ》もなしにかかせるがいい。

うんと大きな画用紙を与えられたら、子供の絵は自然と、大きく、のびのびした絵になって来る。子供の絵を育てるのには、大きな画用紙を与えることが一番いい方法ではないだろうか。

これは、ぜいたくであるが、この種のぜいたくは、子供の心を大きく、ゆたかに育て上げるためには、必要なぜいたくである。

せせこましい、目先しかきかない人間をこしらえるか、野放図に際限なく伸びる人間を育てるか、それは親の教育によって分れる。

「おもちゃの熊を買うなら、子供がその背中に乗って遊べるくらい大きな熊がいいわ」

「積木を買うなら、犬小屋でも建つくらいの大きな積木を」

二人のいうことは、次第に大きくなって行った。

……なつめは、大よろこびだ。今度こそ無くさないようにしようと、ポケットに入れる時も用心深く、夜寝る時も忘れぬように机の引出しにしまって寝た。

ところが、何ということだろう。買ってもらってから三日目の午後に、なつめのゴムだんが無くなってしまった。

ユキ子ちゃんが来ていっしょにゴムだんをしていたのだが、お母さんが呼んでいると夕カ子ちゃんが知らせに来たので、なつめは畑の途中まで送って行った。その時、縁側にちょっと置いて行ったのが、帰って見たら無くなっていたと、なつめはいうのだ。

「縁側に置いてあるものが無くなる筈がないじゃないの。きっと、どっか外で落して来たに違いないわ」

千枝はそういって叱った。なつめは不思議そうに家のまわりを探していた。

しかし、なつめの思い違いでないことが間もなく分った。その日の夕方、ベルが何か吐き出したと思ったら、それはなつめのゴムだんであった。

# 第六章　音楽会

雨降りの日が続いて、子供たちは外で遊ぶことが出来ず、洗濯物は山とたまるし、千枝はすっかり困っていた。

そんな時は自然と千枝は怒りっぽくなり、また子供たちの方でも母親を怒らせるようなことを次から次へとするのである。

なつめに突き飛ばされた四郎が、そのかたい石頭を襖にぶつけて、大きな穴をあけてしまったり、正三はゴムまりを投げて花瓶を引っくり返し、畳の上を洪水にしてしまう。

そうかと思うと、ミシンの上から飛び降りたなつめが、おでこを茶箪笥にぶつけて泣き出すという有様だ。

どうしてこうばかなことばかり、次から次へと考え出すのだろう。千枝は、一日中子供たちを叱るのに追いまくられて、それだけですっかり疲れてしまった。

晩御飯を食べさせると、八時ごろからもう寝床の中へ追いこんでしまって、本も読んでやらない。

千枝が茶の間で、ほっとくつろいで、三日ほど前に来た婦人雑誌を取り上げて、「小鳥の育て方」などという頁をなんということなしに見ていると、隣りの部屋で、なつめと四郎が二人でひそひそ話をしているのが聞えて来る。

この二人は、よくこんなふうに寝床の中で世間話をしている。何を話しているのだろうと思って、千枝がそっと聞くと、

「お母ちゃん、今日、よくおこったね」

というのは、なつめの声だ。

すると、四郎がそれに相づちを打つ。

「うん、おかあちゃん、オニおかあちゃんやったね」

千枝は思わずふき出しそうになる。

オニおかあちゃんと呼ぶのはひどい。悪いのはお母ちゃんではない。悪いのは雨ばかり降らせる天だ。

地球が、なんだか少しずつ変になって来ているのではないだろうか。千枝が子供の時分の春の感じと、この数年の春の感じとは、どうも違うような気がしてならない。夏だってそうだ。

子供のころの春の方が、ずっと春らしい春であった。そして夏は、ずっと夏らしい夏であった。あのような春らしい春や、夏らしい夏は、もうやって来ないのだろうか。

なんだか、一年一年、季節が変な具合になってゆくような気がしてならない。それとも、これは気のせい、思いすごしなのだろうか。

そんなことを考えていると、千枝は少しさびしい気がして来る。家の中を走りまわり、子供を叱りつけて、御飯の支度をしているうちに夜が来て、一日が終ってしまうわが身が、さびしく思われて来る。

自分の母も、こんなふうにして自分を大きくしてくれたのだと思い、子供のためにこうして働くのが、当り前だと心でいい聞かせて見るのだけれども、時々、ふっと、（つまらないな）と思うことがある。

だが、しかし、思ってみても、それは仕方のないことなのだ。

そんな或る日のこと、千枝は思いがけず、夫からヴァイオリンの演奏会の切符をもらって、飛び上ってよろこんだ。

千枝がその孤独な感じのする女流ヴァイオリニストを見たのは、女学校の四年生の時が最初であった。

なんという曲を弾いたかも忘れてしまったが、首のところで襟の詰まった、黒いドレスを着ていて、無表情に立ったまま弾いていたのを覚えている。

それから後に、千枝は三度、彼女の演奏会に行った。一回は女学校を卒業した年に、あと二回は結婚してからであった。

その時々の思い出が彼女にはある。それは音楽会そのものの思い出というより、その音楽会へ行った時が代表しているそれぞれの時期の思い出である。

都合四回、千枝はこのひとのヴァイオリンをきいたが、その時のことを一つ一つ思い出してみると、そんなにかけ離れてはいない歳月のことなのに、一回一回、違った感じで心によみがえって来るのは不思議なくらいであった。

浮き沈みがあったというわけではなく、一日一日は全く同じことの繰返しのように思われた、変化のない暮しであったのに、こうして振り返って見ると、海の表面の色があるところでは水色に、あるところでは藍色に、またあるところではもっと違った色に見えるのに似ていた。

矢牧は、その音楽会の切符を会社の同僚から貰ったのである。

音楽愛好家であるその同僚は、前から切符を買っておいたところが、ちょうどその晩に友人の結婚披露に夫婦でよばれることになったので、矢牧にくれたのだ。

ところが、矢牧は音楽会というものが苦手である。それで、結婚してから一回だけ千枝と一緒にヴァイオリンとピアノの会に行ったことがあるだけで、あとはいつも千枝がひとりで行った。

どうして音楽会が苦手かというと、彼はしんと静まり返った会場にいると、とても窮屈だというのだ。

みんなが唾をのみこむ音さえ立てないでいるような雰囲気の中では、彼はどうしてか急に眉がかゆくなって来たり、おなかのへんがかゆくなって来たり、鼻のまわりを掻きたくなって来るのであった。そして、それを我慢することは、とても苦しいことなのだ。

矢牧は行儀よく坐っている人たちにはさまれて、顔を掻くのをしばらく我慢している。しかし、そのうちに我慢できなくなって、手を上げてまゆのところを素早く掻き、ついでに鼻のまわりをぐるりと一回撫でまわして、もとに手を戻す。

すると、今度は首のうしろのところが急にかゆくなって来る。彼はいま顔を掻いたばかりだからと思い、我慢する。それに首のうしろだと、彼のすぐうしろの席にいる人が、舞台の中央の演奏者をまばたきもしないで見つめている時、いきなり手が出て来て、その手が眼の前で首を掻き出したら、それはとても目立つに違いない。

（なんという無作法な人だろう）と思うだろうし、ひょっとすると、（この人はもう一週間以上も風呂に入っていないのだろうか。さっきから、顔を掻いたり、おなかを掻いたりばかりしている）と思うかも知れない。

それでも、とうとう我慢しきれずに、彼は手を首のうしろへまわして、何気ないふうにすっと掻こうとするが、そのかゆいところは案外ひとところではなくて、二たところも、三ところもあるので、何気なしに掻くというわけにはゆかない。

そんな時、うしろの客がどんな顔をして自分の手を見ているかということは、彼にはまるで頭のうしろに眼がついているようによく分るのだ。

多分、その客はハイカラな帽子を頭の上にのっけている婦人であり、彼女は眉の間にしわを寄せて、隣りに坐っている同伴者に向って「いやな人ねえ」という眼くばせをしているに違いない。

もう、この辺で顔を一度掻いてもいい時分だろうか。いや、せめてこの曲が終るまで待つべきだろうか。

それにしても、どうして音楽会に来ると、こう身体のあちこちが、入れかわり立ちかわり、かゆくなって来るのだろうか。

それを思うと彼は悲しい気持にさえなって来て、もういまはプログラムの何番目の曲をひいているのやら、それさえ分らなくなってしまうのであった。

かゆいのと戦い、また時にはくしゃみが出そうになるのを必死に押え、そのような戦いに疲れ果てると、いつのまにか、あろうことか居眠りを始めているのだ。

なんともいえない快い状態になって来て、はっと気がついた時には、頭を深く垂れて、ぶざまにも大きなこっくりをやっている。

うなだれたまま、われに返って、よだれを垂らしてはいないかと、用心深くしらべ、それからそっと、顔をもち上げる。

いまは、もううしろに坐っている婦人がどんなに顔をしかめ、呆れはてていようとも、運命と思って会の終るのを待つより他はないのである。

矢牧が音楽会を苦手とするのは、だいたい以上のような理由であった。

千枝は、夫のそういう話を聞くと、笑い出すけれども、笑いながらも心から同感するところがあった。

夫は生命の自由な、のびのびした状態を愛しているので、どんなに美しい、すぐれた音楽でも、しかつめらしい、もったいぶった様子の人たちにかこまれて、行儀よくきいていなければならないことはいやなのだ。

それは、千枝にも分る。千枝だって、好きな人の演奏会をききに行っていても、気がついたらこっくりこっくりやっていて、しまったと思うことがある。

千枝は、しかし、それでも音楽会は好きだ。そこが、夫と違うところだ。

東京へ引越して来てからやがて二年になるのに、一度も音楽会に行ったことがない。大阪にいた時は、どこへ出るにも便利なところに家があったから、よかった。

夕食が済んでから、ちょっと隣りの家のおばさんに頼んでおいて、夫と二人でサンダルを突っかけたまま映画を見に行くということもできた。

ここへ来てからは、都心へ出るのに一時間以上かかるので、どうしても出にくくなる。

それで、夫からヴァイオリンの切符をもらった時、千枝はとてもよろこんだ。

その演奏会は、土曜日の晩にあった。

前の日から、千枝は楽しくて、ひとりでに顔がほころびて来るのであった。夫は土曜日は会社は昼までなので、夕方までに帰ってもらうように頼んでおいた。

その日が来た。千枝は晩御飯は帰ってから食べることにして、出かける前に支度をしておいて、自分はパンで簡単に済ませた。

そこへ夫が帰って来た。

千枝は黒のスーツに着かえて、ナイロンの白い手袋をはめ、間違いなしに切符が入っているかどうか、ハンドバッグの中を確かめてみてから、夫を呼んだ。

夫は門の横にあるライラックが、小さい、うす紫いろの花を細い枝の先につけているのを見ていた。このライラックは、去年の四月に、大阪にいる矢牧の兄が上京した時、記念に買って植えてくれたものだ。

「あのね、御飯たくように火をつけてあるから、ふき出したら火をとめてね」

「なんだ。焚いておいてくれればいいのに」

「でも、あったかい方がいいと思って」

「大して変りはないよ。あったかくても、冷たくても」

矢牧は面倒くさそうな顔をした。

「どのくらいたったらふき出すんだ？」

「そうね、いま火をつけたところだからあと十五分くらいいいわ」

「分った。早く行って来い」

「まだよ。火をとめてからしばらくむらしておいてね」

「分ってる、分ってる。飯の焚き方は、おれの方がうまいよ」

「それから、おかずはね、なつめにいっておいたから。両方いいつけると、きっとあの子、どちらか忘れるから。じゃあ、御飯の方、たのみます」

千枝は、それから、「行って来ます」と声をかけて、小走りに門の外へ走り出た。

それは、いかにも身軽な感じであった。

彼女の黒いスーツのうしろ姿が、バス道路を曲って消えた。矢牧は、庭の方へまわって、縁側でユキ子ちゃんと塗り絵をして遊んでいたなつめに声をかけた。

なつめは振り返った。

「おかずのこと、聞いたのか？」

「うん、聞いた」

「分ってる？」

なつめは、うんといって、クレオンを置いて立ち上り、矢牧を茶の間へ連れて行った。

そこには電熱器の上に、牛肉を入れたフライパンがかけてあった。

「お母ちゃんが、ごはんがたけてから、電熱器をつけて、味はお父ちゃんに砂糖と醬油でつけてもらいなさいって」

「なんだ。やっぱりわしがやるのか」

「おつゆは、これ。肉ができたら、そのあとへこのお鍋をかけなさいって」

「よし、分った。それではね、お父さんは向うの部屋にいるから、台所のこんろにかかっている御飯がふき出したら、お父さんを呼びに来なさい。あと十五分くらいだ」

なつめは、うなずいた。

「遊んでいて、忘れたらだめだよ」

矢牧が念を押すと、なつめはいった。

「大丈夫よ。ここで見ているから」

「あ、それがいい。ここで遊んでいなさい。四郎なんかは？」

「正三兄ちゃんがベルの散歩にいっしょにつれて行った」

「そうか」

なつめはユキ子ちゃんを呼んで、塗り絵を茶の間へ持って来た。矢牧はそれを見て安心して書斎へ行き、畳の上に寝ころんだ。

妻がいなくなると、それまで子供子供しているなつめが、急にしっかりしたように見えて来るのは不思議だ。やっぱり女の子というものは本能的に「主婦の力」とでもいうべきものを身に備えているのだ。

千枝が出て行った後は、気持の上で、矢牧は知らず知らず、小学二年生のなつめに頼っているのであった。

「十五分くらいたったら、ふき出すといっていたな」

矢牧は、腕時計を持っていなかった。

……そのうち矢牧は眠くなって来た。

夕方、まだ日が暮れてしまわない頃に、こうして寝ころんでうつらうつらするのは、とてもいい気持だ。

学生の時分、下宿の二階の部屋で、よくこうして昼寝をしたことを、矢牧は思い出す。しばらく眠って、今度眼をあけると、窓の外の空に美しい夕映が見える。

その夕映の雲の色が、寝ころんだままぼんやり眺めていると、わずかな間に変ってゆき、しずかに空全体がたそがれの濃い色に溶かされてゆくのであった。

(あの感じは、よかったな)

矢牧は久しぶりにその頃のことを思い出して、なつかしい気持になった。そして、そのまま、眼をつむってうとうとしかけた。

……家の中がしんとしている。さっきまで聞えていたなつめとユキ子ちゃんの声がしなくなっているのに、矢牧は気がついた。

（おや、どうしたのかな？）

矢牧は起き上って、部屋から出て行った。家の中は薄暗くなっていた。そして、茶の間には子供たちの姿が見えなかった。

この時、焦げくさい臭いが矢牧をおそった。

「しまった！」

矢牧は台所へ突進した。お釜のふたを取った。見事に御飯は焦げてしまっていた。

「何たることか……」

焦げた御飯を前にして、矢牧は突っ立っていた。

「そうだ。ともかく、火をとめないことには」

彼は石油こんろの取手に手をかけて、まわした。しかし、火は少しも消えない。彼は慌てて、今度は取手を反対側にまわした。

それでも、火の勢いは全く変りがないように思われた。彼は、また逆にまわしてみた。

「何だ。このこんろは、いったい、どういう仕掛になっているんだ。どちらにまわしても、同じじゃないか」

矢牧は、いささかうろたえ気味で、文句をいった。それから、面倒くさいとばかり布巾を取って、釜をこんろから下した。

この家へ引越して来た時に、この石油こんろを彼は買って来たのだ。しかし、それからやがて二年になるというのに、矢牧はまだ一度も自分の手で、このこんろを使ったことがなかったのだ。

つまり、彼は自分でお茶一つわかしたことがないのである。それが証拠に、こんろの火の消し方さえ知らなくて、うろたえている有様だ。

これはもう、無精などというものではなくて、無知というより他ないのである。

「だから、焚いておいてくれといったのに。こうなることは、もう最初から分っていたんだ」

矢牧は、お釜を見下して、情ない声を出した。

「焚きだちの御飯を食べさせようなんて、要らん親切心を出すもんだから、真黒こげの御飯を食べなきゃあならないことになるんだ。それが、あいつの悪いところだ。いつでも、そのためにおれが難儀する。だいたい、結婚して十年以上にもなるのに、おれがこの場合、めしを焦がすか、焦がさないかくらいが、まだあれには分らないのだ」

こんな具合に、矢牧は自分の失敗を棚に上げて、ひとりで腹を立てているのである。こういう甚だ身勝手な、まるで理屈の通らない怒り方を、世の夫はしばしばするものだ。

この時、「えっへん、えっへん」という四郎の声といっしょに、ベルのはげしい息の音が聞えて来た。

「ただいまあ」

正三がベルを散歩から連れて帰って来たのだ。

（そうだ。ベルにめしを食べさせないといけないな。どこに、ベルのめしはあるんだろう？）

矢牧は、また一つ厄介な仕事ができたと思った。

（ベルのめしは、焚いてあるのだろうか。きっと焚いてあるんだろうな。おれは何も聞かなかったぞ。なつめに聞いてみれば、分るだろうな）

そこで、矢牧はうたた寝している間にどこかへ居なくなってしまったなつめのことに、やっと気がついた。

「正三、なつめはどこへ行った？」

「知らないよ」

矢牧は、犬小屋にベルをつないでいる正三に声をかけた。

「どうしたんだろうなあ。あれだけいっておいたのに、これだから子供は信用できんというのだ」

「お水、ちょうだい」

四郎が台所へやって来た。顔にいっぱい汗をかいている。矢牧はコップを取って、井戸水のポンプを押した。

「ほら」

四郎は渡されたコップを手に持って、のどを鳴らしながら、おいしそうに一息に飲みほした。矢牧は、子供が水を飲むのをじっと見ていた。

この水は、地面の下の深いところからわき出てくる水だ。つまり、この水は地球のものである。ポンプを押しさえすれば、いつでも、いくらでも飛び出してくる、尽きることのない宝のようなものだ。

矢牧はこの井戸水を飲む時、自分の生命が地球とつながっている気持がする。他の人間が飲むのを見ても、ベルが飲むのを見ても、そういう気がする。それは、とても気持のいいものであった。

「あ、おとうちゃん、ごはん焦げてる」

四郎は、コップを流しの上に置くなり、大きな声を出した。

四郎にそういわれると、さすがに矢牧は面目ない気がした。

「ただいまー」

なつめが走って帰って来た。そして、台所に父と四郎とが、お釜を前にして立っているのを見た。

なつめは忽ち、どんなことが起ったのか分ってしまった。

「真黒に焦げてしまったよ」

矢牧はうらめしそうにいった。なつめはお釜の中をのぞきこんで、「ほんと」といった。「ユキ子ちゃんが帰るっていったから、途中まで送って来たの。いま、ちょっとの間よ」

「ちょっとの間か知らんが、お父さんが来た時はもう完全に焦げていたよ」

　すると、なつめはちょっとしょげた。

「御飯のこと、忘れていたのか?」

「ううん。なつめが見ていたらね、ちっともふき出さなかったよ」

「ほんとか?」

「うん。ぜったい、ふき出さなかった」

「それなら、ユキ子ちゃんを送りに出たとたんにふき出して、あっという間に焦げてしまったのかも知れん」

　なつめは、不思議で仕方がないという表情で、焦げた御飯を見ていた。もしかすると、この御飯はちっともふき出さないうちに焚けてしまって、焦げたのかも知れなかった。

「仕方がない。食べられんことはないよ」

　矢牧は責任を感じているらしいなつめにそういって慰めた。

「ベルの御飯は?」

「ここにある」

「あ、それか。正三、ベルに御飯をやってくれ。それから、おかずだ。おかずはわしがやるから、なつめはお茶わんや皿を運んでくれ」

それから矢牧は、電熱器の上でフライパンの中の肉をいためながら、砂糖と醬油で味をつけた。

彼は何度も味をみては、注意深く料理した。

四郎は羨ましそうに、父が味見をするのをそばから見ていた。そしてなつめはさっきの失敗を取り戻すために、目ざましく立ち働いて、食卓を用意した。

このようにして、母のいない夕食はいつもより少し早い時間に始められた。なつめがみんなにお給仕をしたが、その手つきはまだまだ危っかしいものであった。

見事なお焦げは、三人の子供たちが争って食べた。それでも食べきれないくらい、たくさんあったけれども。

……千枝は音楽会から九時過ぎに帰って来た。

ヴァイオリンの独奏はとても素晴らしく、彼女は本当に久しぶりに別世界にひき入れられて、子供たちのこともベルのことも、何もかも忘れて来たのであった。

そして、千枝は夫から夕方の騒ぎを聞いて、その焦がした御飯を自分の茶碗によそいながら、再び彼女のいつもの世界へと戻ったのだ。

# 第七章　こわい顔

招かれざる客という言葉がある。

こちらが呼ばないのに、勝手にやって来る客である。だから主人の方からすればうれしくない客ということになる。

うれしくないくらいならいいが、そういう客はとても困るし、迷惑するのである。

矢牧の家のように、都会の郊外の、まわりに家が少ないところに住んでいる家には、この招かれざる客がよくやって来る。

ある日、千枝が洗濯物にアイロンをかけていると、ユキ子ちゃんのお母さんが台所から飛びこんで来た。タカ子ちゃんも一緒だ。

お昼御飯が済んでから、一時間くらいたった頃である。

「大変、大変」

ユキ子ちゃんのお母さんは、顔色が変っている。

「どうしたの?」

千枝はアイロンをおいて、びっくりして聞いた。

「どうしたも、こうしたもないわ。さあ、早く玄関の戸に鍵をかけていらっしゃい。ここは、あたしがかけるから」

「ど、泥棒?」

「早く、早く」

ユキ子ちゃんのお母さんにせき立てられて、千枝は何が何だか分らないけれど、とにかく、いわれる通り、玄関へ走って行って大急ぎで鍵をかけた。ユキ子ちゃんのお母さんは台所の戸に鍵をかけて、それから開いているガラス戸を片っぱしから締めた。

タカ子ちゃんは、笑いながら突っ立って、それを見ている。

「泥棒が来たの? あんまり、おどかさないでよ。心臓がどきどきしてるわ」

茶の間に戻って来て、千枝はそこに坐った。

「やっと、これで安心したわ。もう大丈夫だわ。誰が来たって、戸をあけちゃだめよ」

ユキ子ちゃんのお母さんも、やれやれというふうに、畳の上に坐りこんだ。

「ねえ、どうしたの? 押売り? 何かとられたの?」

「待ちなさいよ。まず、お水をいっぱい頂だい。それから話すわ」

ユキ子ちゃんのお母さんはさんざんあわてさせておいてから、千枝が汲んで来たコップの水をおいしそうに飲みほした。

「さあ、話すわ。ついさっきね、勝手口の戸ががらっと開く音がしたの」

「押売りが来たんでしょ?」

「まあ、黙って聞きなさい。出て行ってみると、若い男が入って来て、あたしの眼の前ですぐにその戸をしめてしまったの」

ユキ子ちゃんのお母さんの眼が、大きく開かれて、いかにもすごそうな顔になった。

「それで?」

「いきなり、片っぽうの手をあたしの胸に突き出して、大きな声で、何ていったと思う?」

千枝はユキ子ちゃんのお母さんの顔を見つめた。

「かね!」

「へーっ」

千枝は思わず声を立てた。

「かね!　……それが、物すごい顔をしてわたしをにらんで、そういうの」

「へーっ」

「あたし、びっくりしてしまって、物もいわずに奥へとんで入ったの。すると、タカ子がけろっとした顔して、あたしを見ているのよ、クレオンで紙に落書していたのだけれどね」

千枝は、タカ子ちゃんの方を見た。タカ子ちゃんは、歯をむき出して笑っている。

「あたし、その顔を見たとたんに落着いて、よし、と思ったの」

ユキ子ちゃんのお母さんは、口もとをきゅっと引き締めて、負けるものか、という顔をしてみせた。

「エプロンのポケットを探してみると、一円札が三枚、しわくちゃのまま入っていたから、それをタカ子にわたして、これ、台所にいる小父ちゃんに上げて来てといったのよ」

「へーっ」

千枝は、眼をまるくしてうなった。

「一円札、三枚?」

「そうよ。そしたらねえ、この子、うんといって、そのお金を持って台所へ行ってね、はい、おじたん、これって渡したの」

「まあ」

「あたし、奥にいてね、もうどうなることかと思ったわ」

「当り前よ。怒ったでしょう」

「あたしもね、そーら、どなり出すぞ、と思って震えていたらね、その男、何もいわずに戸を開けて出て行ったらしいの」

「ふーん」

「そしたらね、タカ子が朗らかな声でね、ばい、ばーいっていったわ。それきりよ」

千枝は、すっかり驚いて、ユキ子ちゃんのお母さんの顔を見ていた。

「それ、本当？」

「誰がうそなんかつくもんですか。ねえ、タカ子」

ユキ子ちゃんのお母さんが、そばに立っているタカ子ちゃんの方を向いてそういうと、タカ子ちゃんは愉快そうに答えた。

「タカ子、ばい、ばーいっていった。そしたらおじたん、かえった」

「きっと怒り出すと思って、あたし心の中でひやひやしていたのよ」

「当り前だわ。ずいぶんあつかましいわね、あなたも」

「一円札三枚で追い返そうっていうんだからね。どうして怒り出さなかったか、不思議だわ」

ユキ子ちゃんのお母さんは、われながら不思議でならないという顔をした。

「ほんとに不思議だわ。普通の男だったら、猛烈にふんがいして、きっと家の中であばれ出すわ。生命が危かったかも知れないわ」

「そうねえ。どうして、あんなにおとなしく帰ったのかしら？」

「その一円札三枚は持って帰ったの?」

「うん」

千枝はちょっと考え込んだ。

「タカ子ちゃんが笑って出て行ったから、気合負けしたのかも知れないわね」

「そうね、なるほど、そうだわ」

「はい、おじたん、これって三円渡されたから、それで勝負がついたのね。おとなしく帰らざるを得なかったわけよ」

「何を、ばかにするなとどなるわけには行かないわね」

「そうよ。つまり、宮本武蔵がやるようなことを、あなたがやったわけよ。それもまぐれでね」

そこで、二人は大笑いした。

それから千枝は、その男がどういうつもりでユキ子ちゃんの家へ入って来たのだろうかと考えた。

きっとその男は、強盗を働くには少しばかり気が弱かったか、それとも初めてで様子が分らなかったかだろうと思った。つまり、刃物をつきつけて金を出せというふうにやるには、そこまで気持が徹底していなくて、中途半端な気持のままで、ふらっと入って来たのかも知れない。

それだから、いきなり片っぽうの手をつき出して「金！」といったのだ。

そういう中途半端のところへ、小さい女の子がしわくちゃの一円札を三枚持って来て、「これ」といって渡されたものだから、見事にやられて返す言葉もなく、「ばい、ばーい」で送り出されてしまったに違いない。

その男の心中を想像してみると、千枝は滑稽なような、哀れなような、妙な気持になった。

そんな具合では、多分、千枝の家へやって来ることはないだろう。今頃、背の高くなった麦畑の間の道を、ちぇっと舌打ちしながらどこかへ歩いているところかも知れない。

千枝はそう思った。

「でも、本当によかったわ。そんなうまい具合に行って。もし運が悪かったら、きっとそんな時、殺されたりするのね」

「ほんとにそうねえ」

ユキ子ちゃんのお母さんは、ぞっとするというふうに肩をすくませた。

千枝はしみじみとした口調でいった。

「人の運命というものは、不思議なものね。こうして笑いながら話していられることが、或る場合には恐ろしいことになるんだから」

「でも、そんなこと心配していたら、あたしたちみたいに畑の真中にぽつんと離れて住んでいる家なんて、とても暮してゆけないわ」

「そうね、隣り近所のある家だって、平気で押売りがまわって来るんですもの。これはもう、夏になったら蚊が出て来るみたいなものだと思って、諦めるべきことかも知れないわね」

「気にしたら一分間だってびくびくしないでいられないし、そうなると自然に生命も縮まるというものよ」

そういって二人は、お互いに慰め合うのである。

「もうちょっと家が近ければ、呼鈴をつくっておいて、どちらかの家に押売りが来たら、忽ち呼鈴で知らせるというふうにすればいいんだけど」

ユキ子ちゃんのお母さんがいった。

「それだと大安心ね。でも、この頃みたいに押売りが多いと、あたしたち、この麦畑の間の道を走ってばかりいなくちゃいけないわね。それだけでふらふらになってしまって、家のことが何にもかもはかどらないということになるかも知れないわ」

そういって千枝は笑った。

「木刀か何かひっ下げてね、堀部安兵衛みたいに走ってゆくのね。ずいぶん心細い堀部安兵衛だわ」

そこで二人はまた大笑いした。

「でも、考えてみると、あたしたち、つまらないわね」

　と千枝がいい出す。

「どうして?」

「だって、押売りの方では、今度はあの家、次はどの家へ行こうと心づもりしながら順番にまわって来るのでしょう。あたしたちの方では、とにかく、一日家にいて押売りが来るのをじっと待っているみたいなものよ。本当に不公平な話だと思わない?」

「ほんとにそうね。ばかばかしいわ」

　ユキ子ちゃんのお母さんはふんがいした。

「こうなれば、あたしたちも大いに映画など見に出歩いて、押売りがいつ来てもその度に留守だと、おしまいにはがっかりしてしまって、あの家はだめだと見きりをつけて、来なくなるわ。だいたい、あたしたちがあんまりおとなしく家の中に一日中じっとしているから、押売りの方では少し図に乗ってるのよ。敵の裏をかいてやりましょうよ」

　二人がそんなことを話し合ってから、何日かたった。

　庭の草がまた大分のびて来た。ついこの間抜いたばかりのように思うのに、もうこんなに生えている。

　千枝は、庭の草とりというのは、好きではない。むかしからそうだ。これは根気のいる仕事だ。

一回草とりをやるのには、大決心を要する。いざやり出すと、千枝はそれに熱中して、夕方おそくまでかかって全部片づけてしまう。そして、草とりを終ったあとは、とても気持がよく、いかにもよく働いたという感じがする。

しかし、やり出すまでがなかなかのことなのだ。根までうまく抜けてくれるのなら、草とりも面白いけれど、細い草の根が案外堅くて、ちょっとやそっと力を入れても抜けず、葉だけ取れてしまう。

それはまるで、人生のことがなかなかうまい具合に運ばないのと、よく似ている。

そして、焦ったり、腹を立てると、ますますうまくゆかなくなるのだ。

草とりは、手間をかけて、根気よく、一つ一つ根を掘り起してゆく気持がなくては出来ないのである。

それから、あの変な虫だ。虫といっても、それは千枝には見えない虫である。それが草を抜いている間中、千枝の手や足を刺す。

その眼に見えない虫のために、一時間もしゃがんで草をぬいていると、肌の出ている部分はどこもかしこも、ちくちくして来るのだ。

だから、草とりが終ると、千枝は身体中水で洗わないと気持がわるい。

千枝は空想するのだ。じょうろで水をまくようにして何かまいたら、それきり雑草が生えて来ないというような、そんな薬が発明されないものだろうか。

そうすればもう、庭の草とりのことなんか、一生考えなくて楽々と暮せるのにと。

そんなことを思うものだから、草とりを始めるまでが大変なのだ。千枝は、そろそろ草を抜かないといけないと思い出してから、一週間くらいぐずぐずしている。

そのようにして、やっと決心した千枝がスラックスにはきかえて庭に出た或るむし暑い午後のことだ。門から一人の男が入って来て、

「奥さん」

と声をかけた。

びっくりして振り返ると、色の黒い、眼のぎょろりとした太った男である。

千枝は驚いて、その男の顔を見た。

「鍋のこわれたのないかね」

(なーんだ。いかけ屋か。ああ、びっくりした)

千枝は、ほっとして、立ち上った。

その男は、時々、アメリカ映画の中に出て来る黒ん坊の大男で、大変なばか力の持ち主にちょっと似ていた。映画の中では、その黒ん坊の大男はいつも船の中にいて、敵味方二つに分れて大乱闘の騒ぎが起ると、悪者の中からその黒ん坊の大男が現われて、物すごい力を出して暴れまわるのだ。

それは、人間というより大きなたこのような気味の悪い怪物で、いかにも悪者の味方と

いう感じがする。

門から入って来たいかけ屋は、茶色のシャツを一枚着ているだけで、頭はつるつるに刈っていた。

この時、千枝は「ありませんわ」と返事しようとしたが、ふと思い出した。

二た月ほど前に彼女のグレイのカーディガンを紺に染めるために、御飯むしの鍋で煮たら、底に小さい穴があいてしまったのである。

(あれを直してもらおうかな?)

千枝はそう思って、

「ちょっと待って頂だい」

といかけ屋にいって、台所へまわった。

早く直しに持って行こうと思ってはいたのだが、何しろ大きい鍋だから、駅前の金物屋さんまで持ってゆくのが厄介で、ついそのまま放ってあったのである。

ちょうどいいついでだから、もし値段さえ高くなければ直してもらおうと、彼女は思ったのだ。

千枝が持って来た御飯むしを手に取って、穴のあいている底を見ると、そのいかけ屋はいかにも心安そうにいった。

「これなら、奥さん、簡単ですよ。すぐ直して上げます」

千枝はあわてていった。

「でも、いくらで出来るの？　それを聞いてから考えるわ」

「そうですなあ、これくらいなら、お安くしときます」

「いくら？」

「三十円でやりましょう」

太ったいかけ屋は、気前のいいところを見せたといわんばかりにいった。

「三十円？　そう。それだったら、お願いしますわ」

千枝は、百円くらい取られるものと思っていたので、三十円と聞いた時、とても安いと思った。

しかし、そんな顔を見せてはいけないので、さり気なしにいったのである。

「じゃあ、すぐ直して持って来ますから」

いかけ屋は愛想よく笑ってみせてから、穴のあいた御飯むしを片手にぶら下げて庭から出て行った。

いかけ屋が出て行ったあと、千枝はまたもとの草とりをつづけた。

垣根に沿ってばらが咲いている。この二株のばらは、千枝がここへ移って来て間もない頃に植えたものだ。

自転車に乗って売りに来た百姓から買ったものだが、うまくついた。

大阪にいた時、矢牧の兄はばらが好きで、たくさん植えていた。そして千枝にもすすめてくれたけれども、千枝はばらを育てるのはむずかしいと頭から思いこんでいたので、ばらには手を出さなかった。

そこで千枝の家の小さな裏庭には、浜木棉《はまゆう》と夏みかんの木があるだけであった。浜木棉は、矢牧が夏の休暇に紀州へ旅行した時、宿の人から貰って帰ったのを植えたのだ。

夏みかんの方は、なつめが麻疹《はしか》にかかって直った時、自分が食べた夏みかんの種を庭の土を掘って埋めたのが芽を出したのである。

狭い裏庭に、浜木棉はいっぱいに葉をひろげていて、夏みかんの木はまだなつめの膝くらいしか大きくなっていなかったが、それを残したまま千枝たちは東京へ引越したのであった。

この土地の冬の寒気はずいぶんきびしかったが、今、ピンクと赤の花を咲かせている二株のばらは、長い霜に耐えて育ってきたものであった。

そのばらが咲いているところだけ、明るくなっている。

そしてばらの花から遠く離れて、犬小屋の前ではベルが鼻づらをうんと伸ばして昼寝をしていた。

近くの農家で鵞鳥がしきりに騒ぎ立てている声が聞える。

「お母ちゃん、ただいまー」

この時、元気のいい声を出して、四郎がタカ子ちゃんといっしょに帰って来た。二人とも顔を真赤にしている。

「草ぬきしてるの？」

「うん」

「ぼくも、しようか」

「いいわ。あんたなんかちっとも手伝いにならないんだもの」

千枝がそういうのも無理はない。正三となつめなら母親の手助けになるが、四郎はまるでだめなのである。

四郎のただ一つの取得は、素手ではえをつかむことだ。家の中にいて、何かおとなしいなと思って見ると、四郎が片っぽうの手を前につき出して、へっぴり腰でそろそろと畳の上にとまっているはえに向って進んでゆくところである。

じっと見ていると、そのますーっと手をのばして、はえを指の先でつかんで千枝のところへ持って来る。賞められると、よろこんで、またどこかにはえはいないかと、探しに行くのである。

四郎とタカ子ちゃんとは、三輪車で遊びはじめた。かわり番こに、一人が乗って、一人がうしろから押すのである。

千枝は夫が時々、羨ましそうにいっているのを思い出した。

「四郎はいいなあ。学校へ行かなくてもいいし、会社へ行かなくてもいいし、一日中遊んでいればいいのだからなあ。遊ぶことが、仕事なんだからな。わしも、四郎みたいに、朝からあそびましょといって、どこか友達の家へ行きたいな」

しかし、そのあとで夫は考え直していったのだ。

「まあ、それも今のうちだけだな。小学校へ行くようになれば、あとはもう人生は苦労の連続だからな。考えてみれば、一生の間で、何の心配もなしにしたいことをして遊んで毎日暮せるのは、四郎の年頃のほんの三、四年間だけだものなあ」

不思議そうにいう夫の言葉を聞いていて、千枝は思わずふき出したが、ほんとうに夫のいう通りなのだ。

どの子もどの子も、みんなあんなふうにして、生活のことも世の中のことも何も心配しないで、ただ遊ぶことだけ考えて一日を過して、そうしてやがて大きくなってゆくのだ。大きくなると、たちまち入学試験とか宿題とか意地の悪い同級生とか、いろんな辛いことが待ちかまえていたように押し寄せて来て、すっかり世界は変ってしまうのだ。

……汗をかいて、顔をほてらせて三輪車のうしろを押している四郎を見ながら、千枝はそんなことをぼんやり考えていた。

すると、その時、門のところからさっきのいかけ屋が、御飯むしをかかえて入って来た。

「奥さん、できましたよ」

千枝は立ち上って、御飯むしを受け取ろうとしたが、底一面に黒いものを塗りつけてあるのに気がついた。

「いやあ、これなにを塗ってあるの」

「何だっていいよ。そいつをわざわざ塗って上げたんだよ」

いかけ屋の声が、急にぞんざいになったので、千枝はびっくりした。何が不服なんだという口ぶりである。

(穴さえふさいでくれればそれでいいのに、頼みもしないものをこんなに真黒に塗りつけるなんて)

千枝はそう思ったが、口には出さないで、

「じゃあ、お金取って来ますわ」

といって行こうとすると、その男がいった。

「奥さん、穴が二たところあいてましたから三百円もらうよ」

「えっ。三百円」

千枝は驚いて、問い返した。

さっき、この男は小さい穴が一つだけあいている御飯むしの底をちゃんと見て、三十円で直すといったのだ。

それが、出来上って来たら、いつの間にか三百円に変っているのである。千枝はふんがいした。

「だって、さっき三十円だっていったでしょ?」

「だからいってるじゃないか。穴が二つあいてたって」

「そんなことはないわ。穴は始めから一つしかなかったわ」

千枝は負けずにいいかえした。

「それじゃ、ふたをあけて中を見てみな」

男はそういった。千枝はふたをあけてみた。

「ほーら、ちゃんと二つ、穴をふさいであるじゃないか」

男に渡す時までは、一つしかなかった穴が、もう一つ少し離れたところにできていた。男が向うへ御飯むしを持って行ってから、もう一つ穴をあけて、それをふさいだのである。

千枝は胸の中が熱くなって来た。

「こんな穴、なかったわ」

すると、男の眼が光った。

「そいじゃあ、おれがその穴あけたっていうのかい?」

千枝は、黙って男の顔を見た。負けないぞという気持と、大変なことになったという気持とで、身体が震えて来るのが分った。

「でも、穴が二つあったとしても、六十円じゃないの。どうして三百円になるの？」

「その黒いのが高いんだよ」

「だけど、あたしはそんなこと頼まなかったわ。穴をふさいでもらうだけよ」

千枝はどんなことがあっても、この理不尽なことをいう相手に負けてはならないと思った。

「じゃあ、払わねえっていうのか」

男はそういった。

「あたしは三十円しか払わないわ」

千枝の言葉を聞いた瞬間、男の顔は物すごい顔になった。

「何だと」

男はうなるようにいった。

「三百円払わなきゃ、その鍋、叩きこわすぞ」

千枝は心臓がとまるかと思った。何という恐ろしい声を出す男なんだろう。

そのどなり声は、「叩きこわすのは鍋だけではなくて、お前の身体もだぞ」というように聞えた。

千枝は震えながら、立っていた。

（誰か来てくれないかしら？　誰でもいいからここへ来てあたしを助けてほしいわ）

千枝はしかしうしろを振り向くことも、垣根の外の道を見ることも出来なかった。彼女のうしろには、三輪車に乗ったタカ子ちゃんとそれを押していた四郎が、びっくりしてこちらを見ていたのだが、千枝はそちらを見ることも出来なかった。

男は、もう一度どなった。

「三百円払わなきゃ、叩きこわすぞ。こんなもの」

千枝は今にも大だこみたいな男が、ばか力を発揮して、彼女を地面に叩きつけそうな気がした。

もうこれ以上頑張ることは、千枝には出来なかった。それにどうしようもなかったのである。

千枝は黙って御飯むしを持って台所へまわり、財布から百円札を三枚出して男のところへ引き返した。

男は千枝の手から金を受け取ると、「すみません」ともいわないで、出て行った。千枝はその太った背中を、にらみつけていた。

……それから千枝はすぐに村田さんの家へ行った。くやしくて走る元気がなく、しょんぼりして歩いて行ったのである。

ユキ子ちゃんのお母さんは、千枝の話を聞いて顔色を変えてふんがいした。

「あなたが来てくれたら、撃退できたかも知れないわ」

千枝が残念そうにいうと、

「そうね。そんな恐ろしい目にあっていると知らないから、あたし昼寝していたの。ごめんね」

そういってユキ子ちゃんのお母さんは、あやまるのであった。

「でもね、そんな悪い男にかかったら、諦めてお金を渡した方がいいのかも知れないわ。下手に騒いで怪我でもさせられたら大変だから」

「うん。あたしもそう思って我慢しているんだけど。やっぱり、最初に人相をよく見て、断わらなかったのが失敗だったのね。あんなふうになってからでは、もういくら頑張ってもこちらの負けね」

千枝は自分を慰めるように、そういった。

「いまさら、柔道を習いに行っても、だめね。こんなやせっぽちじゃ、大男が来たらひとたまりもないわ」

ユキ子ちゃんのお母さんは、くやしそうに自分の腕を見た。それから千枝の身体を見た。どちらも、大男をひねり倒せそうな身体ではないのである。そこで千枝がこの間のことを思い出して感心したようにいった。

「あなたのところで三円で見事に敵を追い返したと思ったら、今度はあたしのところで三百円取られたわけね。世の中のことって、うまく平均するようになっているんだわ」

# 第八章　はちみつ

大阪にいるいとこのはるみちゃんから、ある日なつめに手紙が来た。

はるみちゃんはなつめより一つ年下、今年の四月から小学一年生になったのだ。

なつめは大よろこびで、その手紙を母からもらった。

「みんなに読んで聞かせて頂だい」

千枝がそういった。正三と四郎がひがんだような顔をしているからだ。

白い封筒の中から、真白な便箋が一枚だけ出て来た。なつめは顔をかがやかせて、読み始めた。

「なつめちゃん。はるみからよ」

それを聞いて、正三は笑った。

「だめよ、正三。笑ったりしちゃ」

千枝が叱った。

「さあ、次を読んでね」

と千枝がいった。

「なつめちゃん、はるみからよ。なつめちゃん、しょうぞうにいちゃん、しろうちゃん、おげんきですか」

「元気だよ」

と正三がいった。四郎はそれを聞くと、自分も真似をして、

「げんきだよ」

といった。

「もうよんで上げないわ」

なつめが、そういった。

千枝が横から二人をたしなめた。

「ちゃんとおしまいまで聞くのよ。さあ、なつめ、読んで頂だい」

なつめは、次を読み始めた。

「はるみはがっこうの一ねんせいになりました。あたしのがっこうのせんせいは、はらだふみこせんせいです。くみは二くみです」

そこまで読んで、なつめは、

「あ、なつめと同じくみだわ」

とうれしそうにいった。

「ちぇっ、あんなことでよろこんでらあ」

と正三がいった。そして、千枝ににらまれた。

「まいにち、あけみちゃんといっしょにがっこうへいってます。このあいだのにちようびに、おかあさんにはまでらのかいがんへつれていってもらいました。とてもきれいなかいがらがおちていたので、あけみちゃんとふたりでひろいました」

「いいわねえ」

と羨ましそうにいったのは、千枝だ。

「ほんと」

なつめは、うっとりしたように顔を上気させていた。

「かいがらはいえへもってかえりました。なつめちゃんがいたら、あげるのにとおもいました」

「ほーん」

正三が、呆れたというような声を出した。すると、すぐに四郎が、真似をして、「ほーん」といった。

正三はうまいことといっているぞ、喧嘩していたくせにと思ったのである。しかし、それをいうとまた母に叱られるので、黙っていた。

千枝はしかし、今度は子供たちを叱らずに、黙って聞いていた。はるみちゃんの大きな目をした、かわいい笑顔が眼の前に浮んで来るようであった。

その貝がらは本当にとても美しかったのだろう。なつめがいたら貝がらを上げたいと思ったというはるみちゃんの言葉は、千枝の胸に迫って来て、涙が出そうになった。

なつめは続けて読んだ。

「なつめちゃんのすきなものをききたいです。はるみのすきなものは、くだものとべびーにんぎょうがいちばんすきです」

するとと、四郎が、

「ぼく、バナナがだーいすき」

といった。

なつめは、そんな声はまるで耳に入らないように手紙から眼を離さなかった。

「なつめちゃんとしろうちゃんは、いまはるみちゃんからてがみがきたよといってるでしょう」

今度は千枝がふき出した。

「あったり前じゃないか」

正三は、いかにも幼稚な手紙だなあ、というようにいった。千枝はまだ笑っている。

「ではまたね。なつめちゃんもおてがみくださいね。さようなら。やまきはるみより」

読み終ったなつめは、すっかり感激していた。

「あけみちゃんやはるみちゃん、ちっとも手紙くれない」といって、つまらなそうな顔をいつもしていたなつめである。

「なつめが手紙出さないでいて、そんなこと不服そうにいったって無理よ」

千枝にそういわれるのだが、手紙が欲しいといっていながら、さてとなるとなかなか自分の方から書こうとせずに日が過ぎてゆくのであった。

今日は思いがけず、はるみちゃんの手紙が来た上に、その手紙の中には、お母さんに浜寺の海岸でとってもらった写真が三枚入っていた。

「あ、あけみちゃんとはるみちゃんの写真」

なつめがびっくりしたような声を立てると、

「みせてー、ぼくが先にみるー」

四郎が叫び出した。この子はこんな時、いつもじっと順番を待つということが出来ないのだ。

「だめよ、ぼく。やぶれるじゃないの。そんなに引っ張ったら」

なつめと四郎が一枚の写真を引っ張り合いしているすきに、正三はあとの二枚をさらってしまった。

「あ、いいぞ、いいぞ。ほーん」

正三が得意になって、あけみちゃんが堤防のようなところに坐っている写真を見ていると、千枝は正三の手にあったもう一枚の写真をすっと取った。

「あ、ずるい、ずるい」

正三があわててそれを取り返そうとしたが、だめである。その間にも、なつめと四郎は二人とも泣きそうな顔になって、引っ張り合っていたが、千枝が自分の見た写真を素早く四郎に渡して、

「さあ、喧嘩は止めなさい。順番にまわせばいいのよ」

といったので、やっとこの騒ぎはおさまった。

千枝が見たのは、やわらかそうな草の上であけみちゃんとはるみちゃんの二人が遊んでいる写真だ。うしろに金網が張ってあって、その向うには松林の間にアメリカ軍の白い住宅が見えている。

あけみちゃんは坐り、はるみちゃんは腹這いになって、仲よく小さな草花を摘んでいるところである。とてもかわいらしく、とれている。

この写真をうつしたのは、お母さんだ。

そしてこのいとこたちのお父さんが病気で亡くなってから、もう七年になる。それは、妹のはるみちゃんが生れた年であったから。

その伯父は矢牧の長兄であった。そして、去年、大阪から上京して来て、門のところへ記念にライラックを植えてくれたのは、矢牧の二番目の兄なのだ。

「お母ちゃん、このはるみちゃん、かわいいわ」

なつめがいかにも感にたえないようにいって差出したのを千枝は受け取り、

「ほんと」

といった。

それは、渚のところに立って何か握った手をこちらにちょっと出して、笑っているところだ。

正三がのぞきこんだ。

「あ、きっと貝がらを持っているんだ」

「そうだわ、きっとそうよ」

なつめが、うれしそうにいった。

「ぼくにもみせてー」

また四郎が割りこんで来た。

「すぐにお返事かくわ」

なつめはそういうと、はるみちゃんの手紙をもって、勉強机の方へ走って行った。正三は立ち上って、外へ出て行き、四郎は兄のあとからついて行った。

「あ、ちょうちょうとんでいる。お兄ちゃん、とってー」

四郎の声だ。

千枝はちゃぶ台の上に残された三枚の写真を取り上げて、もう一度眺めた。

二人が着ている揃いの服を、千枝は知っている。紺のウール地で、白い襟をつけてあるのだ。

姉のあけみちゃんの方は、胸のところにポケットを、妹のはるみちゃんはスカートの下の方にアップリケの白い兎がとび上っているところをつけてある。

千枝はこの二人が赤ん坊であった時から知っているのだ。まだはるみちゃんが生れないで、あけみちゃんが小さかったころ、亡くなった義兄が晩御飯のあとで、いつもあけみちゃんを抱いて応接室へ行って、椅子の上であやしていたことも覚えている。

父親のいない家で二人がすくすくと育って来て、いまでは同じ制服を着て、いっしょに学校へ通っているのだ。

千枝はいつか義姉がいっていたのを思い出した。

「あけみが三つの時でしょう。だから、お父さんのことをかすかに覚えているだけなの。それも大きくなってゆくにつれて、だんだん記憶がうすれてゆくから、それを忘れさせないように一生懸命やってるの」

アルバムに貼ってある写真を見て、父が生きていた時の記憶が子供たちによみがえって来るようにと、義姉は願っているのであった。

千枝はぼんやり写真を見ていた。その海岸は見覚えのあるものであった。その頃は、この松林にアメリカ軍住宅は無かったけれども。そして、ここの海岸は一番人出の多い海水浴場なので、女学校へ行くようになってからは、千枝はここよりもっと遠い海岸へ泳ぎに行ったのだが。

「お母ちゃん、かけた」

なつめが便箋を持って、走って来た。

「早いわねえ、もう書いたの」

「なにかいたらいいのか、分らないもの」

千枝はなつめがはるみちゃんにあてて書いた手紙を読んだ。

「はるみちゃん、おてがみありがとう。しゃしんもありがとう。はるみちゃんは、とてもじがじょうずですね。なつめは二ねん二くみです。わたしのせんせいは、あきやまのぶゆきせんせいです。それから、なつめのすきなものはなにかというと、きゅっぴいちゃんときせかえにんぎょうがだいすきです。ぼくちゃんは、バナナがすきです。ではまたおてがみくださいね。さようなら。やまきなつめより」

キュウピイをキュッピイと呼ぶのは、なつめのくせであった。

千枝は句読点の間違っているところを直させて、すぐに封筒に入れ、所と宛名を書いてやった。

子供の手紙は面白い。はるみちゃんが学校の組と受持の先生の名前を書いて来ると、なつめも同じことを書いている。受持の先生の名前を書いても、相手はその先生のことは知らないから、しようがないと思うのだけれど、義理がたく、お互いに先生の名前を知らせ合っている。

「早い方がいいでしょう。ポストへ入れて来なさい」

千枝がそういうと、なつめはむろんそのつもりで、

「うん。すぐ出してくる」

と、その手紙をもって立ち上った。

ポストといっても、駅の前まで行かなければならない。

「気をつけて行ってくるんですよ」

「はーい」

元気よく返事をして、なつめは勢いよく外へ飛び出して行った。

そのあと、千枝は夕方の支度に取りかかりながら、去年の四月の初めに、矢牧の兄の龍《りゅう》二《じ》兄さんが来てくれた時のことをひとりでに思い出した。

龍二兄さんは、大学で心理学の先生をしている人だけれども、野や山を旅行するのが好きで、その時も春休みに信州の志賀高原へ行ってスキーを一週間ほどしたついでに、足を

のばして東京へやって来たのであった。

志賀高原の宿から電報が来たのが前の日の夕方であった。その時から子供たちは大へんな燥《はしゃ》ぎようで、いかにもうれしそうに見えた。

正三なんかはそのことを聞くと、たちまち逆立ちをし、それから四郎にとびかかって行ってレスリングをやり出す有様だ。

なつめはというと、

「え、龍二おじさんが来るの。ほんとう?」

そういって、眼を丸くしたまま、あとは何にもいわないで、息をとめたようにしているのであった。

お正月にみんなで大阪へ帰ってから、まだ三月にしかならなかった。しかし、大阪から身内の人が来るのはそれが初めてであったので、矢牧の家族はとてもよろこんで迎えたのだ。

その夕方、お風呂も晩御飯の用意もすっかり出来上って待っていると、門のところで自動車のとまる音がした。

「龍二兄さんよ」

と千枝がいうと、正三もなつめも大あわてで外へとび出した。

四郎はまごまごしていておくれたので、はだしのままで泣きそうになって追いかけて来た。

するど、門の近くにとまった緑色の小さなタクシーの中から、大きな身体を窮屈そうに曲げて、龍二兄さんと迎えに行った矢牧とが出て来た。

龍二兄さんはボストン・バッグをさげて、片っぽうの手を口の上に当てている。そして、矢牧は自動車の中から大事そうに、身体の大きさくらいある細い木を持ち出した。

それが、ライラックであったのだ。

「いらっしゃい！」

千枝が子供たちと並んでそういうと、龍二兄さんは雪やけして真黒になった顔で笑いながら、しかし、やっぱり、口の上に手を当てたまま、近づいて来た。

「どうかしたんですか？」

千枝が聞くと、龍二兄さんはその顔を正三やなつめや四郎の方に向けて、笑った。矢牧もその横で笑って立っている。龍二兄さんは、手をのけた。すると、鼻の下にひげがくっついていた。

正三が「イザンバ」と叫んだ。

これは、よろこんだ時に叫ぶ言葉で、実はばんざいを逆さまにいったものなのだ。どこで覚えて来たのか、千枝は知らない。

真黒に焼けた龍二兄さんには、そのひげが不思議によく似合った。それは、メキシコ人のようであった。

「どうしたんですか、そのひげ？」

千枝が笑いがとまってから、尋ねると、龍二兄さんはいった。

「龍二おじちゃんはお金がなくて、正三ちゃんやなつめちゃんや四郎ちゃんに何にもおみやげを買って上げられないので、そのかわりにこのひげを生やして、びっくりさせて上げようと思ったんだよ」

子供たちは、しばらく呆れたようにこの伯父の顔を見つめていたが、それからとてもうれしそうに笑い出した。龍二おじさんの贈りものの意味が分ったのだ。

矢牧が横からいった。

「僕が駅へ行った時も、うろうろ探していると、兄さんがこんな恰好して、いきなり現われて、歯でも抜けたのかと思ったら、このひげだから、大笑いしたよ」

それから、千枝が、

「その木、どうしたの？」

と聞くと、矢牧は説明した。

「ライラックだ。帰りに植木の市が出ているところを通ったら、兄さんが何か記念に木を買ってやろうといって、買ってくれたんだ」

「うれしい。これがライラック？」

千枝は夫のかかえている木を見た。

ライラックという花の名は小さい頃から知っていたが、千枝は実際にその木を見るのはこれが初めてであった。

縄で巻いて包んだ根っこから、細い枝が四本伸びていて、その枝の先に、小さい、小さい葉をつけている。

すらりとした、いかにもやさしい木であった。

「何かいい木を上げようと思って、探してたら、最後にライラックが見つかって、これがいいということになってね」

龍二兄さんがそういった。矢牧も大へん満足そうな顔をしていた。

その晩は、とても賑かに、楽しい晩であった。なにしろ、東京へ引越して来てから、一番最初にこの住いを訪ねてくれたおじさんであったから。

千枝がこしらえた御馳走というのは、特別大きなカツレツで、これは龍二兄さんの趣味にかなっていた。

龍二兄さんは、いつも王者の精神を心に持てといっている。それはどういうことかというと、人間が貧乏くさく見えるのは、お金がないからではなく、その人の精神が貧乏くさいからだというのだ。

そこでわれわれは、自分の精神が貧乏くさくならないために、たえず努力と工夫をしなければならない。それはお金の問題ではなくて、生活の感覚の問題だというのが、龍二兄さんの意見である。

千枝がこしらえたカツレツが、王者の精神にかなっていたので、龍二兄さんはよろこんだ。それを熱いうちにさっさと平げてしまうと、もう眠くなったようで、矢牧の方はこれからまだうんと飲むつもりで、兄のために買って来たウイスキーのびんをかざして、

「まだまだこれからだ」

というのに、

「いや、もう寝させてもらう。御馳走さん」

そういって、このメキシコ人は寝室へ引き上げてしまった。

あくる朝、千枝が眼をさました時、外で土を掘る音が聞えた。外へ出て見ると、門の横のところに、龍二兄さんがゆかたのままの恰好で、ライラックを植えていた。

「おはようございます」

千枝が、いつもながら義兄の早起きに感心して、声をかけると、龍二兄さんは、

「あ、お早よう。バケツを貸して頂だい。水をやるから」

といった。

門の横の今まで何も無かったところに、ライラックの木が植えられると、それはとてもよく似合った。

千枝が朝御飯の支度をしている間に、龍二兄さんはバケツで水を運んで、根もとにたっぷり水をやった。

水をやり終った頃に、やっと正三となつめが起きて来て、ライラックをうれしそうに眺めた。

「大きくなる、この木？」

となつめが聞いた。

「なるとも。来年の今ごろはもっともっと葉が茂って、枝も多くなって、青々とした茂みがここに出来るよ」

龍二おじさんがそう答えた。

「ふーん」

と正三が感心した。

「正三ちゃんやなつめちゃんが、友達に家を教えて上げる時、ライラックの木が茂っている家というわけだ」

龍二おじさんはそういった。これも、つまり、王者の精神にかなっていることなのだ。番地などというもので道を教えずに、家にある木や花で家のありかを知らせようというのである。

矢牧が起きて来てライラックを見た。最後にこの家で一番寝坊の四郎が出て来て、ライラックを見た。

それから、みんなで朝御飯を食べた。

その日は、ちょうど日曜日であったので、ゆっくりできてよかった。朝御飯を終って大急ぎであとを片づけてから、ベルも連れてみんなで、正三となつめが学校へ行く時、いつもその横を通る小さな牧場へ、龍二兄さんを案内した。

「いいなあ、とてもいい景色だなあ」

龍二兄さんは、遠くの方の森や林を眺めて、いく度も感心していった。

「大阪には、こんな景色はどこにも無いな。ヨーロッパみたいだな。ぼくも、この辺に土地を買って、小屋を建てたいな」

そんなこともいった。

矢牧は、まるでこのあたり一帯の森や畑が、全部自分の領土のように、あちらを指さしこちらを指さして、兄に景色のいいことを自慢しているのであった。

牧場へ来た時、ちょうどいい具合に、牛が出ていた。黒と白のまだらのホルスタイン種の乳牛が、丘の斜面のところを柵でかこった小さな牧場いっぱいに、思い思いのむきに、静かにうずくまっていた。

それらの乳牛のすがたは、大きな岩に似ていた。しっぽだけを時々動かしては、はえを追っているのであった。

その黒と白の大きな背中を見ていると、動かないでいて、何を考えているのか少しも分らないので、何か不思議な愛らしさを、千枝は感じるのであった。

子供たちは三人とも柵によじのぼって、見ていた。

「ぼくはあの牛にきめた」

とか、

「なつめは、あの牛が好き」

とかいっている。四郎が、柵の中へ入って、もっと牛のそばへ寄りたがるのをやっとなだめて、牧場を離れた。

それから、坂道を降りて、小川のところまで来て、今度は川に沿って散歩した。水の上を小さな白い花びらが流れて来た。

「ああ、実にゆったりした、いい気分だ」

メキシコ人とその弟は、そんなことをいい合っているうちに、矢牧が、

「はーるの、うららの」

と、小学唱歌の「花」をうたい始めた。

すると、龍二兄さんも千枝もそれに合せて歌った。それは楽しい散歩であった。

龍二兄さんは、その晩、大阪へ帰った。ところで、龍二兄さんはびんに入った蜂蜜を二個置いて行った。それは、志賀高原から持って来てくれたものであった。

子供たちのおみやげが何も買えないから、その代りにひげを生やしてびっくりさせて上げようといって、メキシコ人のようなひげを生やして来た龍二兄さんは、とてもいいおみやげを残して行ってくれた。

ライラックと蜂蜜である。

ところが、二個の蜂蜜のうち、一個は龍二兄さんが中学の時に教わった漢文の先生で戦後に東京へ引越した人のところへ持って行く筈のものであった。

その老先生には、矢牧も同じ中学校で教わったのである。いまは、先生を止めてお寺の住職をして居られる。

龍二兄さんは、その恩師のところへ志賀高原の蜂蜜をもって伺うつもりで来たのだが、その晩の汽車に乗るには少しあわただしいのと、先生には悪いけれども知らない土地を探して出かけるのが億劫になったので、弟に所番地を教えて、近日中に代りに持って行ってくれと頼んだのである。

矢牧も、風格のあるその先生が好きだったから、その役を引き受けたのだ。

家にくれた方の蜂蜜は、矢牧となつめをのぞく残り三人、つまり千枝と正三と四郎とで、かわり番こに箸を突っこんではなめた。

矢牧となつめとは、甘いものはほしがらない。なつめは子供のくせに、矢牧が飲むビールを飲みたがるし（むろん、飲ませないが）、食べる物では、お酒をのむ大人が好きなものを好むのだ。

千枝は、昼間、みんなのいない留守に、ひとりで蜂蜜のびんに箸を突っこんで、なめていた。四郎に見つかると、騒ぎ立てるので、四郎が外へ遊びに行っている時に、戸棚から出して来て、なめるのだ。

すると、千枝の口からひとりでに歌が出て来る。

こがね虫は金持だ
金ぐらたてた蔵たてた
子供に水あめなめさせた

ところが、千枝は大失敗をやってしまった。ついうっかりして、二つ目の蜂蜜のびんをあけていたのだ。

「あ、しまった!」

千枝が気がついた時は、二つ目のびんの三分の一ほどなめてしまっていた。それは龍二兄さんが昔の漢文の先生のところへ持って行くために買って来た蜂蜜なのだ。

そのことを千枝もちらと耳にはさんでいて、すっかり忘れてしまっていたのだ。夫に話すと、うんと叱られるに決まっている。

千枝は、ターミナルの百貨店へ蜂蜜を探しに行った。蜂蜜は売っていたけれども、それはみんな精製されて、琥珀《こはく》色のすき透ったものであった。龍二兄さんが持って来てくれた志賀高原の蜂蜜は、白く、どろりとにごった、いかにも取れた時のままの蜂蜜という野生の感じがあった。

千枝は方々探してみたが、そういう蜂蜜を見つけ出すことはできなかった。

次の日曜日が来るまでに、見つけて買っておかないと、なめてしまったことが夫に分ってしまう。そう思って、千枝は一生懸命に探したが、とうとう駄目だということが分った。

仕方なしに、ある晩、夫が会社から帰って来た時、千枝はそのことを話した。

「ばかだなあ、お前は。食い意地が張ってるからそういうことになるんだ」

矢牧は呆れてしまって、そういった。

「すみません」

「なめてしまったあとで、あやまったって、もうどうにもならん。しかし、困ったな。せっかく、兄さんがそのつもりで持って来たのになあ」

矢牧は溜息をついた。彼の頭の中には、二十年前に中学校の教室で、漢文を教わった先生の顔が浮び上った。

「どうかね、どうかね。このすなわちは、何と訳したらいいんじゃね。え？　矢牧、聞いとるかね」

今では白いあごひげを垂らしているその老先生が、蜂蜜のびんに箸を入れて、さもうまそうになめているところが、眼の前にふっと現われて、消えてしまった。

「あけてしもたんかね。なめてしもたんかね。残念じゃね」

その声が、矢牧の耳に聞えて来た。

……その時は、結局、そのままになってしまった。千枝が大阪の龍二兄さんにあやまりの手紙を書いて出したら、「気にしなくてもいい」という返事が来た。

# 第九章　麦の秋

日曜日。

よく晴れた、とても暑い日であった。まるで一足とびに夏になってしまったようだ。

（このくらいの暑さなら、もう泳ぐことも出来るだろう）矢牧は空を見上げて、そう思った。

矢牧は水泳が好きである。家のすぐ横にプールをつくって、泳ぎたくなると、家の中から走って行ってそのままとびこみ、心ゆくまで泳ぎたい。それが矢牧の望みだ。

望みといっても、これは恐らく一生の間に実現できない望みである。多分、矢牧がプールをこしらえることは、無理である。

だが、矢牧は思うのだ。プールのまわりにはアカシヤやポプラの木があって、日ざかりにその枝が青々とした影を落している下で、裸になって昼寝をしている自分の姿を。

何の運動がいいといって、水泳ほど全身を気持よく使う運動はない。水の中を人間が泳いでゆく姿を見ると、よく分る。

それは、いかにものびやかな眺めだ。そして、人間というのは不思議な生き物だという感じを起させる。

夏の色をした空を見上げて、矢牧は（泳ぎに行きたいな）と思ったが、次の瞬間には首を振った。去年の夏、家族全部で泳ぎに行った川の水の冷たさを思い出したからだ。

その川は、矢牧のいる町から電車で四十分ばかり奥へ入ったところにある。山あいを流れている川で、眺めはいいのだが、川底の石がぬるぬるしていて、泳ぎにくかった。

（あの川だったら、まだ今ごろはとても冷たくて、泳ぎなんかできないだろう）矢牧はそう思って、諦めたのだ。

（今年の夏は、正三となつめをみっちり仕込んでやろう）

正三は、まだ泳げるというところまで行っていない。水の中をめちゃくちゃに突進するように見えるが、せいぜい五メートルくらいしか進まない。

なつめと来ては、その場で手足を動かしているだけだ。しかし、水をこわがらないところは見込みがある。多分、今年は浮き身が出来るようになるだろう。うまく行けば、三メートルくらい進むようになるかも知れない。

矢牧は、そんなことを考えて、ひとりでうなずいていた。

暑い一日であった。正三は昼から四郎をつれて近くの小川へ魚をすくいに行った。矢牧はよほど正三について行こうかと思ったが、つい面倒くさくて、家で昼寝をしていることにした。

千枝は、山とたまった洗濯物をかかえて奮闘している。

そして、なつめのところへは、ユキ子ちゃんがまりつきをしに来ている。今日の休みをたっぷりまりつきをしようという気だ。

矢牧は庭で遊んでいる子供の声を聞きながら、うつらうつらしている。

　一でライライ　ライライ
てーら　てーらのおしょうさん　なんまいだ
二でライライ　ライライ
てーら　てーらのおしょうさん　なんまいだ

(簡単なまりつき歌だな)と、矢牧は思ったのだ。

(ライライって何のことかな。何も意味はないんだな。調子を取るためだろうな)

矢牧はそんなことを考えている。

大阪にいた時、なつめがいとこのあけみちゃんやはるみちゃんとしていたまりつきの時の歌は、これとは違っていた。矢牧はその歌を思い出した。あれは、たしか、こんなふうであった。

一もんめの　いすけさん　いもやです　いもはいきゅう
二もんめの　にすけさん　にんじんやです　にんじんはいきゅう
三もんめの　さんすけさん　さんまやです　さんまはいきゅう

(待てよ。一もんめのいすけさんというのは、どういうことなんだろう。一丁目のいすけさんの間違いではないかしら。しかし、一丁目のいすけさんより、一もんめのいすけさんの方がずっと面白いな。これは、やっぱり、一もんめのいすけさんでないといけないな……)

矢牧は、人が考えないようなことを考えるくせがある。そして、矢牧の頭の中には、芋を配給している「一もんめのいすけさん」が、まるで白雪姫に出て来る七人の小人の中の誰かのような恰好をして浮び上って来るのであった。

にんじんを配給している二もんめのにすけさんも、さんまを配給している三もんめのさんすけさんの姿も。

……その間に、いつの間にか矢牧は眠りこんでしまった。眠りの中でも、つい近くから、なつめとユキ子ちゃんのまりつき歌が聞えていたが。

矢牧は眼をさましては、またつぎ足すようにして眠った。そのようにしてまどろみながら、矢牧は夢を見ていた。

夢の中では、矢牧は大阪の家にいて、表座敷のところにみんな家族の者が集まって、これから食事が始まるところであった。

何か法事のような集まりらしいのだが、そこには七年前に亡くなった長兄も、五年前に亡くなった矢牧の父も坐っているのであった。

これからお酒が出て、みんな賑かにやろうという気持があふれているのである。

子供たちは子供たちで別の机をかこんで、わいわいいいながら皿の上のものをつついている。

そこには、正三もなつめも四郎もいるのだ。なつめは、いとこのあけみちゃんとはるみちゃんの真中に坐って、食べる間も惜しそうに横を向いて何かしゃべっていた。

龍二兄さんの子供も、姉の子供も来ているのだ。

(みんなこんなに揃って、よかったなあ)

矢牧はそう思った。それから酒をゆっくり飲んでいる父を見て、長い間会わなかった人に会うようななつかしさを感じた。

すると、矢牧の心の中に、

(ああ、父は死んだのではなかったんだな。死んだように思っていたのは、何か思いちがいだったんだな)という気持が起った。

庭には、電燈の光りを受けて、プラタナスの葉の色があざやかに浮び上って見えた。裸になった長兄は皿の上のカツレツを切っているところであった。

(何も心配することはなかったんだ。兄さんだって、あんなに日に焼けて丈夫そうじゃないか)

そう思ってもう一度、父の顔を見ると、どうしたことか、父は急に元気が無くなったように見えた。

「昔、このあたりにいたわしの親しい人は、みんな死んでしもうた。露木さんも、中谷さんも、浜田さんも。道を歩いても、さびしい」

父がそういった。その顔は悲しげに曇って来た。

「お父さん、そんなことを思ったらだめですよ。そんなこと、いわないで下さい」

矢牧は父に向ってそういった。怒るようにいった。そこで、夢からさめた。

……さっきまで庭で聞えていたまりつき歌は、もう聞えなかった。家の中は、静かであった。

矢牧は、そのままぼんやりしていた。近くの農家で、鶏がさわぐ声が聞えた。

夢の中に出て来た父の顔も長兄の顔も、まだ頭の中にうっすらと残っていた。そして、不思議な悲しい気持が尾をひいていた。

矢牧は立ち上って、居間へ出て行った。すると、そこになつめが一人で坐って、本を読んでいた。

「ユキ子ちゃんは？」

「かえった」

なつめは、不機嫌な顔をしていた。

「まりつきは止めたのか？」

なつめは、うんといった。矢牧は、ユキ子ちゃんと喧嘩したらしいなと思った。

「喧嘩したんだな？」

なつめは、少しきまり悪そうにうなずいた。

それから、なつめはどうしてユキ子ちゃんと喧嘩になったか、そのわけを話した。それは全く仲がよすぎるための喧嘩であった。

つまり、なつめの方が最初はユキ子ちゃんのまりのつき方をからかって真似してみせたのだ。

「てーらのおしょうさん、なんまいだ」

といって、ついていたまりをスカートのうしろへ入れて、そこで後ろ手につかまえる時の恰好をやってみせたのである。

それは誰がやっても、おなかを前につき出すようになるので、おかしい恰好なのだ。なつめがやると、ユキ子ちゃんも負けてはいないで、

「なつめちゃんのは、こうよ」

といって、

「てーらのおしょうさん、なんまいだ」

とやったのだ。それで、なつめは、

「ユキ子ちゃんなんかきらいよ」

という。ユキ子ちゃんも、

「なつめちゃんなんかきらいよ。あたしかえるわ」

というなり、自分のまりを持って、帰ってしまったというのだ。

「ばかだなあ。せっかくの日曜日にまる一日、遊べるといってよろこんでいたのに」

矢牧は、しょんぼりしているなつめにそういった。

「だってユキ子ちゃんが、あんなことをいうんだもの」

「それは、なつめが先にいったから、ユキ子ちゃんもいうんだ。喧嘩なんかしなかったら、夕方までまだたっぷりまりつきが出来るのに、惜しいことをしたなあ」

矢牧はそういって、庭へ出て行った。庭では強い日ざしの中で、千枝が三段になった物干竿にいっぱい白いものをほしているところであった。

「あーあ、たいくつだな。体操でもしようかな」

矢牧が大きくのびをしながらそういうと、千枝はすかさず、

「体操するんだったら、すみませんけど、ユキ子ちゃんの家へ梯子《はしご》を返して来て頂だい」

といった。二、三日前に門燈の電球が切れたので村田さんの家から梯子を借りて来て、そのままになっていたのだ。その時はユキ子ちゃんのお母さんがいっしょにかついで来てくれたからよかったが、一人で返しに行くとなると千枝には少し重いのである。

（うまいこと考えたな）

矢牧は機先を制せられたかたちで、しぶしぶ梯子を返しに行くことにした。

「おい、なつめ。ユキ子ちゃんの家へ梯子返しに行くから、いっしょに行こう」

矢牧は家の中に声をかけた。

なつめはすぐにとび出して来た。

さっき喧嘩をして帰ってしまったユキ子ちゃんの家へ行くのだが、そんなことはなんとも思っていないような様子である。

子供には遊び相手というものがいるのだ。ひとりで遊んでいるのは、とてもさびしいことなのだ。矢牧はいつでも、そう思う。

「なつめ、うしろをかついでくれ。お父さんは前を持つから」

矢牧はこのくらいの梯子なら一人でも運べるけれど、なつめにも持たせた方がいいと考

えた。なつめは、よろこんで梯子のうしろを持った。

「重いか、どうだ？」

「ううん。重くない」

「よし、じゃ行こう」

二人は梯子の前とうしろについて、道を歩き始めた。

歩きながら、矢牧はなつめの方を振り返った。なつめは両方の手を梯子にかけて、真剣な顔をして歩いている。

矢牧は考える。

（五尺六寸で十八貫の大人と、小学二年生の女の子とが、一つの梯子の前とうしろを持つということは、どういうことになるのか？　こういう場合、梯子の重みは二人に同じようにかかるのだろうか。それとも、小さい人間の方によけいかかるのか？）

いずれにせよ、矢牧が感じている梯子の重さと、なつめが感じている梯子の重さは違っているように思われる。すると、こうして父親が梯子の前を持ち、女の子に梯子のうしろを持たせて歩いているのは、これはあまりいいことではないのかもしれない。

そう思って、また矢牧はうしろを振り向いた。

「どうだ。重いか？」

すると、なつめはいった。

「少し重くなって来た」

「止めてもいいよ」

矢牧がそういうと、なつめはかぶりを振った。

「まだ、行ける」

「そうか」

矢牧はまた前を向いて歩いた。子供は我慢強い子に育てるというのが、彼の考え方なのだ。子供が大きくなって世の中で働くようになる時、我慢強いということは何より力になると矢牧は思っていた。

(梯子の重さは、同じだな)

と矢牧は思った。

(なつめの感じている梯子の重さと、こちらの感じている重さは、ひょっとすると同じだぞ。二人とも、梯子全部の重さを感じているのだから)

矢牧は物理と心をいっしょにしてしまって、しきりにうなずきながら歩いて行った。

二人が梯子を持って進んでゆく道の両側は、見渡す限り、黄色にみのった麦の穂の波だ。

そのところどころは、刈られている。畑の土の上に、麦わらがきれいに並べられているところもある。矢牧はそれを見て、ついこの間、四郎が買物に行く道で千枝にいった言葉を思い出した。

刈られて束ねられて畑の上に横になっている麦を見て、四郎は、「むぎがころされている」といったのだ。

「むぎがころされている」というのは、面白いことばだ。昨日まで麦の穂が風にゆれていたところが、根こそぎ刈り取られて、それがそのまま土の上に横になっている眺めは、なるほどその通りだ。

四郎には、麦も生き物と同じことなのだ。

それといっしょに矢牧は、四郎が近頃いった面白い言葉を思い出した。なつめが近所のお百姓さんのところへ卵を買いに行くのについて行った時のことだ。帰って来るなり、四郎は顔色を変えて千枝にいった。

「お母ちゃん、お百姓さんのにわとり小屋に、いのちが入って、にわとり取ってしまった」

千枝は思わずふき出してしまった。

「いのちとちがいます。いたちです」

そういっても四郎は、いのちだといって聞かない。それを千枝から聞いて、矢牧は「ふーん」といって感心したのだ。

いのちが入って鶏を取ったというのは、いたちのあの素早い感じと、恐ろしい感じの両方を不思議にうまくいい表わしていると思ったからだ。

もう一つある。ベルが夕方になると、いつでも決まって吠え出す悪いくせがある。おなかが空いたからでなく、よその犬が近くに来ているのでもないのに、やかましく吠え続けて、いくら「ベル、ベル！」とみんなが叱っても黙らない。

そして、すっかりあたりが暗くなってしまうと、ぴたりと静かになってしまうのだ。

そのベルがやかましく吠えるのを見ていて、或る時、四郎は「また、ベルがほえこんでる」といった。

「ほえこむ」というのは、うまくその感じを表わしている。その時も矢牧は感心した。

その四郎は、いま時分、小川の中で正三が足を泥だらけにして魚を取るのを熱心に見ているに違いない。矢牧はそう思いながら、黄色い麦の穂がゆれているそばを歩いて行った。

村田さんの家が見えるところまで来た時、庭のところにユキ子ちゃんのお父さんが白いシャツを着て、しゃがんで何か手入れをしているのが見えた。その横を、ユキ子ちゃんとタカ子ちゃんが走りまわっている。

梯子を持った矢牧の親子が近づいて来たので、村田さんは立ち上った。

「こんにちは」

矢牧は声をかけた。ユキ子ちゃんとタカ子ちゃんが、こちらを見ている。

「どうも、この梯子、有難うございました」

「いえいえ、どうも。まあ、どうぞ」

矢牧は梯子を村田さんに渡した。なつめは頑張って重いのをかついで来たから、ほっとした顔をしている。

梯子を裏へ片づけて来た村田さんは、縁先へ矢牧といっしょに坐って、

「どうぞ、一服いかがです」

と煙草をすすめた。

村田さんの家では、今日は奥さんが昼から二本立ての映画を見に出かけて、御主人が子供と留守番をしながら、庭の手入れをしているのである。

今は、ちょうど朝顔のために竹の棒を組んでいるところであった。

「朝顔ですよ。お宅でも植えて居られますか」

「いや。ありませんなあ」

「どうです。一つ持って帰って、植えられたらどうです」

矢牧はそういわれて「どうも」といった。

「朝顔なんかいいだろうと思うんですが、さっぱり無精でして」

「楽しみなもんですよ。よかったら、どうです」

「いや、まあ、結構です」

せっかくすすめてくれたが、矢牧はそういって申し訳ないような顔をした。

村田さんの家の庭はすぐに畑に続いていて、広さといってはほんの僅かしかないのだが、その面積は十分に利用されている。春休みに買ったもちの木には、その時刈り落したあとの枝から新しい葉がずいぶん出ていた。

それから、柿、ゆすら梅、桃。葡萄も苺もある。野菜は、レタス、セロリ、アスパラガス、赤大根などが、こまごまと植えられてある。

「感心ですなあ、よくこんなに……」

矢牧がそういうと、村田さんは笑いながら、

「いや、こんなに狭い場所だから、ちょうどいいんですよ。慰みにできますから」

といった。

「実際、そうですね。私なんか、戦争の終ったあと、おやじの疎開先で、笹原みたいなところを開墾して、やたらに広い畑に芋を植えまして、難儀しましたよ。おやじに督励されましてね、兄弟三人でお互いに歎きながら芋をつくっていましたね」

矢牧はその時分のことを思い出しながら話した。あの頃、広い芋畑で働いていた父と三人の息子のうち、二人まで世を去ってしまった。

そう思うと、矢牧はちょっとさびしい気持がした。

「私はねえ、昔はこんな野菜をつくることなんか、まるきり趣味がありませんでしたよ」

村田さんが話し出した。

「学生の時は、北海道にいましたから、冬はスキー、夏は水泳をして、それこそ一年中、勉強をちっともしないで運動ばかりしていましたねえ。もっとも水泳といっても、泳げるのは短い間でしたがね。わたしはこれでも水泳部のキャプテンをしていたんですよ」

「へーっ。そうですか。何ですか、種目は？」

「平泳ぎですがね」

そういえば、村田さんの身体は、平泳ぎの選手をして鍛えたような肩や胸を持っていた。

「矢牧さんも相当泳がれるでしょう？」

「ええ、海の上に長い間浮んでることは、まあ、浮んでいますね。私のいた小学校では、四年生から海へ連れていきましたからねえ。それで私は五年の時に一里、六年では二里の遠泳に合格しました」

矢牧はちょっと自慢らしくいった。

「ほう。それは大したもんですね」

「しかし、クロールやバックで競争するということはまるでだめですね。二十五メートルも突進すると、最後の一かき二かきというところで息もたえだえになり、もう手が届くかと思うと、そのとたんに水を呑むことがありますね」

「そんなことは無いでしょう」

村田さんは声を立てて笑いながらそういった。

「いや、本当なんです。陸の上を走るのなら、百や二百の短距離を走る方が得意でして、わりに速いんですが、水の上だとまるでだめですね。それで、陸の上では、ゆっくり走るマラソンというのが、苦手なんです。水と陸とでは逆になるんですが、これは結局、私の心臓があまり丈夫でないためでしょう」

矢牧がそういうと、

「いや、そんなことはありませんよ。あなたの心臓が丈夫でないなんて、そんな」

そこで、二人とも愉快そうに笑った。

「矢牧さん、今年の夏は一つ、皆さんで泳ぎに行きませんか」

「結構ですな。やりましょう」

矢牧は、そんな話をすると、まるで中学生の時の、もうすぐあの長い、楽しみの多い夏休みがやって来る時のような気がして来るのだ。

一学期の終りには、定期考査というのが待ちかまえていて、それが五日間くらいあるのだが、まるで永久に続くのではないかと思われるくらい果しなく長く感じられる。

そして最後の一日の試験の終りのベルが鳴りわたると、かがやかしい、きらきらする夏の休みが、もう間違いなく自分のものになっているのであった。

試験が済んだあとで、「富士登山に行く者は講堂へ集まれ」とか、「アルプスへ行く者は物理教室へ集まれ」とか、その他いっぱい通知があって、それを聞いているだけで、もう頭の中がのぼせてしまうような気持になるのだ。

そのような活気にみちみちた瞬間が過ぎると、みんなめいめい、真夏の強い光りの中へ、自分の夏休みの中へ入ってゆくのであった。

あんなに眼の前が宝石箱を引っくり返したように、眩ゆく胸のわくわくするような時は、それから後の人生にはちっとも無かった。矢牧はそんな気がする。

少くとも、自分には無かったと。

二人が縁側に坐って話しこんでいる間、なつめはユキ子ちゃんと家の表側へ行ってしまって、タカ子ちゃんだけが二人の坐っている前を笑いながら行ったり来たりしていた。

日がかげって、ちょっと風が出て来た。いくらか、あたりがたそがれの色になって来たのを見て、矢牧は腰を上げて、

「どうも、お邪魔しました」

というと、村田さんは、

「まあ、いいじゃありませんか。ゆっくりなさって下さい」

「ええ、でも」

といって、矢牧はなつめを呼んだ。

「そうですか。そいじゃ、レタスをちょっと持って帰って下さい」

「いや、結構です。結構です」

矢牧はあわてて断わったが、その間にユキ子ちゃんのお父さんはスコップをもって野菜を植えてあるところへ行き、レタスを掘り出した。

そこへなつめがユキ子ちゃんといっしょに出て来た。

「なに？　お父ちゃん」

なつめが聞いた。

「もう帰るよ」

「いやー。もうちょっとユキ子ちゃんとこで遊んでる」

なつめがそういうと、ユキ子ちゃんはなつめを放すまいとするように、なつめの腕に自分の腕をくんだ。

「もう帰らないといけない」

矢牧はそういった。

「お父ちゃん、おねがい。おねがいだから、もうちょっとだけユキ子ちゃんとこで遊んでる。ね、ね？」

なつめが必死になって頼むと、ユキ子ちゃんもそばから口を揃えて、

「ね、ね。もうちょっとだけ」

というのだ。

さっき喧嘩をしてまりつきを止めて別れた二人が、そんなことはすっかり忘れてしまったように、もとの仲よしになっているのだ。

その時、ユキ子ちゃんのお父さんが、レタスを掘りながらいった。

「ユキ子、新聞紙を持っておいで」

ユキ子ちゃんは、「はい」といって、家の中へ入って新聞紙を持って来た。村田さんは掘ったレタスをそれに包んでくれている。

「ねえ、お父ちゃん」

なつめがまたいった。

「だめ。そんなにいつまでも遊んでるもんじゃない」

矢牧がそういうと、なつめはやっと諦めた。

「あ、そんなに。もう、それで結構です」

村田さんがまだレタスを掘るのをやめないので、矢牧はあわてていった。

「いえいえ。こんなの、あとからあとから生えて来るんですよ」

「しかし、せっかく……」

「なあに、大したことじゃありません」

村田さんは、ユキ子ちゃんがひろげている新聞紙の上に、どっさりレタスをおいて、まだどの辺のを掘ろうかというふうに、地面を眺めているのである。

「いや、そんなに頂いても、とても食べられませんから、そのくらいにして下さい」

矢牧はそういって頼んだ。

すると、村田さんはやっとスコップを置いた。ユキ子ちゃんが、お父さんにいわれて、レタスを包んで矢牧のところに持って来てくれた。

「やあ、どうも有難うございました。遠慮なしに頂きます」

矢牧はお礼をいって、なつめといっしょにユキ子ちゃんの家を出た。

「おじたーん、さよならー」

タカ子ちゃんが、前の道までとび出して来て、手を振りながらいった。矢牧は手を上げて、振った。

ユキ子ちゃんはそのうしろで黙って見送っている。なんとなく心残りの様子である。

なつめはその方をしばらく振り返ってみていたが、矢牧と並んで歩き出すと、

「それ、なつめが持つ」

といった。

矢牧は「うん」といって、なつめにレタスの包みを渡した。

風が出て来て、麦の穂がしきりに揺れ、さわいでいる。今日の日曜日は、やっと終ったのだ。

「さっき、どういって仲直りした?」

矢牧は横を歩いているなつめに尋ねた。

「はじめ入って行った時、なつめがユキ子ちゃんのところへ行って、さっきはごめんねっていったら、ユキ子ちゃんもごめんねっていったの」

なつめは、そういった。矢牧は「ふーん」といった。

「そしたらユキ子ちゃんがなつめを表の方へつれて行って、馬とびしてあそんでたの」

「馬とび?」

矢牧はびっくりしたようになつめの顔を見た。

# 第十章　やどかり

夕方、駅へ行く道を歩きながら、千枝は、

（ああ、ほたるを取りたいな）

と思った。

梅雨の晴れ間の一日である。両側の田圃は、もうすっかり田植えを終った。

（もう四年前になるわ。戸木さんの家へほたるがりによばれたのは……）

千枝は、その時のことをいつまでも忘れずにいる。四郎が生れる年の夏であった。

矢牧の学校友達の戸木さんの家は、千枝が住んでいるところから、電車でおおかた一時間かかるところにあった。

山のふもとに沿った川が、ちょうど戸木さんの家の真下を流れているのであった。

矢牧と千枝と正三となつめの四人が、その駅に降りた時、駅前の広い道を燕がいかにもすみやかに飛びかっていた。それは千枝にも子供たちにも、とても珍しい景色であった。

千枝のいたところは、静かなところであったが、それでもやはり町中にあったから。

戸木さんの家が見える橋のところまで来た時、門のところに立っていた戸木さんが、

「おーい」と声をかけた。もう来る頃だと思って、待っていてくれたのだ。

戸木さんは矢牧の顔を見るなり、

「ちょっと前に、猫に魚をさらわれた」

といった。

すると、夫は、

「何だ、もったいない」

といってから、

「何の魚だ?」

と聞いた。

戸木さんが「鯛だよ」というと、夫は本当に惜しそうに、

「ああ、もったいないことをするやつだ」

といった。

川を見下せる座敷で、ビールと夕御飯を御馳走になった。

「あとでほたるを取らねばならんと思うと、どうも心おきなく飲めないな」

矢牧は勝手なことをいいながら、それでも遠慮なしにビールを飲んでいる。正三となつめは先に御飯を頂いて、庭の犬小屋へ戸木さんの家の犬を見に行った。

戸木さんの家には、子供がいないし、一軒だけ川のふちに建っているから、奥さんはひとりで夜、留守番をしている時など、とてもさびしいだろうと、千枝は思ったのだ。

外が暗くなって来るにつれて、川の音が高まって来た。まだビールも残っていたが、あまり暗くならないうちに行ったほうがいいといわれて、みんな、めいめい竹箒《たけぼうき》とほたる籠を持って、家の外へ出た。

正三となつめは、大人の先に立って、橋をわたり、よその男の子供たちが三、四人下りて行くあとから、川へ下りて行った。

千枝も戸木さんと矢牧のあとについて、足もとに気をつけながら、川っぷちへ下りて来ると、早くも向う岸の小笹のしげみの中で、二つ三つ、光るのが見えた。

戸木さんも矢牧も、ズボン下を膝の上までまくり上げて、はだしのまま水の中へ入って行った。正三はどこかへ行ってしまった。

千枝となつめは、岸で見ていた。

「わあ、ちめたい」

夫が悲鳴をあげた。水の流れはかなり速いらしく、二人とも、片手に竹箒を持って、危っかしい恰好で、深いところへ入ってゆく。

向う岸に取りついた戸木さんが、笹の葉のしげみに箒を持ってゆくと、ぴかりと光ってほたるが水の上にすべり落ちる。

「ほら、つかまえた」

なつめがうれしそうに叫んだ。

間もなく、矢牧も一匹、水の上に落した。二人は、二匹ずつくらい掌の中に入れて、岸まで来て、なつめのさげているほたる籠の中に落しこみ、また箒を片手に引き返した。

千枝は、こちらへ飛んで来ればいいと思うのに、ちっとも飛んで来ないのだ。それで、思い切ってスカートをまくって、箒を手にもち、水の中へ入って行った。

流れが強いので、足を移しかけると、よろめきそうになる。

「おかあちゃん」

岸にいるなつめが、心配そうに声をかけた。

「大丈夫よ。こんなくらい、平気、平気」

千枝は、そういったが、水はもう少しでスカートのはしを濡らすところまで来ている。

(引っくり返ったら、冷たいだろうな)

そう思うと、なんだか足もとがあやしく、いまにも身体の安定を失いそうな気がした。

「ほら、来た」

戸木さんの声に千枝が振りむくと、向うからゆっくりゆっくり飛んで来る。

千枝は両手で箒を構え、近づいてくるのを待って、えいっと腕をのばした。すると、ほたるは水の上に落ち、光ったまま、流れて行こうとする。

千枝があわてて、箒を持ち直して水の上を押えるようにすると、その小さな光りは、箒でせきとめられて、水と一緒にためらうようにかがやき、たちまち逃れて、水の上を流れ去った。

千枝は思わず、その行方を見送った。

水の上にこぼれ落ちたダイヤモンド。いやいや、もっともっと華かな、不思議な光りであった。

千枝は、こんな美しいものを見るのは生れてはじめてだと思った。

夜になるにつれて、出て来るほたるが多くなって来た。

竹やぶや草むらのほたるの宿でやすんでいたのが、あたりの気配に誘われて、次から次へと遊びに出かけるのだ。

川岸からとび立つほたるの姿には、そんな無邪気で、かわいいものが、千枝には感じられた。

そして、川の真中で逃がしたほたるが、水といっしょに流されてゆく途中で、また空に舞い上るのもいた。そんなほたるを見る時、千枝は思わず、野球の試合でファイン・プレーを見た時のような気持になるのであった。

……正三が取って来た分も入れて、一時間ほどの間に、なつめのほたる籠は、大きなほたるや小さいほたるで、ずいぶん賑かになった。

あの楽しかった晩のことは、子供たちにも深い印象を与えたらしく、あれからよく矢牧の家族の間で、話に出た。

戸木さんがよんで下さったお蔭で、正三やなつめの幼年時代に一つの思い出が残されたことを、千枝はとても有難く思うのだ。

(ああ、あの時は、夫が竹箒を流してしまったな)

千枝はそのことを思い出して、笑った。

駅の近くのパン屋さんの前まで来た時、千枝はいつものように軒を見上げた。

そこには、二つ並んで、小さな燕の巣が板の上にのっかっているのだ。それはパン屋の小父さんが、燕が巣をつくれるように、こしらえてやった場所なのだ。

時々、巣の中から頭をつき出していかにも元気そうに動いている五羽の雛は、姿が見えなかった。きっと勝手にどこか飛びまわっているのだろう。隣りの巣には、のどの下の赤いお母さん燕らしいのが、頭だけ出してうずくまっている。千枝は知っているのだ。この燕は去年もこのパン屋の軒先に巣をつくったことを。

いま、お母さん燕らしいのが入っている方は、今年つくった新しい巣だ。

(こんな小さな生き物が、大きな海を越えて、去年巣をつくった同じ家を、よくも間違え

ずに探しあてて来るもんだなあ）

千枝は、いつもそう思う度に、不思議な気がしてならない。

（夏が終る頃になると、またこの燕たちも、巣を空っぽにして、遠くへ行ってしまうんだわ）

そんなことを考えながら千枝はパン屋さんの前を通りすぎた。そして、八百屋と肉屋へ寄って夕方の用意を済ませてから、買物籠をさげて往き来する人たちの間を歩いていると、花屋さんの前の道ばたで、麦わら帽子をかぶった男が、しゃがんで何か売っているのが眼にとまった。

その男の前に置いてある三つの洗面器のような入れ物の中には、大きいのや小さいのや、数えきれないほどの小さい生き物がめざましく動いていた。

「おかやどかり」と大きく書いた紙が、その横に立ててある。

（おや、これは面白そうだな）

千枝は立ち止って、小さな貝がらをくっつけたこの生き物をのぞきこんだ。

真中の入れ物には、木の枝が立ててあり、その枝の上には、やどかりがいっぱいとまっている。身動きもしないでじっとしがみついているのもあれば、かにのような足を動かして器用に這い上ってゆくのもいる。

指の爪くらいの小さいやどかりもいるし、かなり大きな、さざえかほら貝のようなのをかついで動いているのもいる。

千枝はどうしてこのやどかりが気に入ったかというと、みんな思い思いの貝がらの中に入って、その貝がらをくっつけたまま、それが当り前のような顔をして動きまわっているからだ。

（いったい、どうしてこんなことを思いついたのだろう？）

それを考えると、千枝は滑稽な気持になる。ちょっとばかだと思うし、ちょっと偉いなという気もするし、呆れた虫だとも思うのだ。

貝がらの中に勝手に入りこんで、それを自分の身体のようにしているから、それで「やどかり」という名前がついたのだが、考えてみると、どこからそんな智慧が湧いたのかと不思議に思われる。

小さい、生れて間もないようなやどかりでも、ちゃんと一人前に、その寸法に合わした貝に入りこんでいるのだ。

自分の寸法に合った貝がらを砂浜の中から見つけ出して、その中に入りこむという智慧を、生れたばかりのちっぽけなこの虫は、いったい、どこから授かったのだろう？

それは、本当に不思議なことだ。千枝はそう思った。

そのやどかりが、貝がらを背負っているくせに、木を見れば、どんどん登ってゆく。高いところへ高いところへと、平気で登ってゆく。

それは、「木登りほど愉快なことはない」とでもいわんばかりの、事もなげな登りっぷりだ。それも、千枝の気に入った。

もう一つ。これは本当かどうか知らないけれど、横に立ててある紙に書かれた文句を読むと、「人間の食べるものなら、何でも食べます」というのだ。

入れ物の中には、半分かじって三日月のような形になったにんじんが、いくつか転がっている。

こんな恰好をして海岸で木登りなんかしている変てこな虫が、人間の食べる物なら何でも食べるというのは、もし本当だとすれば愉快である。

千枝は、それも気に入った。

「これ、いくらするの」

千枝は麦わら帽子をかぶった男に聞いてみた。男は前にある三つの入れ物を順番に指さして、十円、十五円、三十円だといった。

男が三十円といったやどかりは、とても大きかった。その脚は、かなり長いのである。

「それ、噛んだりしない？」

千枝は心配そうに尋ねた。

「いいや。人間がさわると、貝の中へ脚を引っこめてしまいます」

そういいながら、男は手をのばして、木の枝の上を散歩している大きなのをつかんで見せた。

すると、そのやどかりは長い脚をすっと引っこめてしまった。

「大丈夫です。お子さんがさわっても、同じことです」

男はそういって、もう二つ三つ、つかまえて見せた。千枝はやっと安心した。

「大きいのと、小さいのと、どっちがいいかしら？」

「そうですねえ」

男は、それはお客様の好きずきでしょうというふうに黙っていたが、

「このくらいのになると、夜、鳴きますが」

と、大きいやどかりをさしていった。

「え、鳴くの？」

千枝はびっくりした。ますます変な虫だという気がして来る。

（この貝がらをのせて、木を上ったり下りたりしている虫がこおろぎやきりぎりすみたいに鳴くのだろうか）

千枝は買うことに決めた。

「この、大きいの、三匹下さい」

正三となつめと四郎に一匹ずつ、そう思って三匹といったのだが、千枝はあわてて、

「あ、もう一つ、四匹下さい」

といった。

自分の分を忘れていたのだ。

「どれにしますか？」

「そうねえ」

千枝はなるべく元気がよくて、きれいな貝の持主をと思いながら、現に枝の上を歩いているのを、あれ、これ、と指さして、男に取ってもらった。

いつの間にか五、六人の奥さんがまわりに立ち止って、自分も買いたそうに見ている人もいる。

男はうすいビニールの袋に千枝が選んだ四匹のやどかりを入れてくれた。

お金を渡す時になって、千枝は何だかよけいな無駄づかいをしたような気のとがめを感じたが、「いいわ、いいわ」と、自分の心にいって、男の前を離れた。

帰り道で、千枝は日傘をさしたユキ子ちゃんのお母さんが買物籠をさげてやって来るのに出会った。

「何をにこにこしながら歩いてるの？」

ユキ子ちゃんのお母さんがいった。

「いいもの、買って来たの」

「なに？」

「当てごらん」

千枝は、四匹のおかやどかりの入った袋をうしろに隠してそういった。

「当てたら、あたしにもくれる？」

ユキ子ちゃんのお母さんは、何か食べる物だと思ったらしい。

「うん。上げるわ。お腹こわすといけないから、一つだけね」

「あ、分った。スマック」

「違う」

千枝は笑った。

「そいじゃ、アイスクリーム」

「違う」

ユキ子ちゃんのお母さんはがっかりした顔になった。スマックもアイスクリームも、食べそこなったからだ。

それに、とても暑い日であったのだ。

「いいわ。ほかのものなら、欲しくないわ」

ユキ子ちゃんのお母さんは、そういった。

「ほら」

千枝は、うしろに隠していたものを出して見せた。

「なに、それ?」

ユキ子ちゃんのお母さんは、顔をしかめた。

「やどかり」

「まあ」

きっとそういうだろうと、千枝は思った。

「花屋さんの前で売っていたの。これ、木登りが得意なのよ。にんじんでもなすびでも、人間の食べる物なら何でも食べるのよ」

ユキ子ちゃんのお母さんは、うすいビニールの袋の中にいる変てこな生物をつくづく眺めて、溜息をついた。

「あなたって、本当に知能程度は小学生ね。そんなもの買って来て、大よろこびなんて。家へ持って帰って、どうするつもりなの?」

ユキ子ちゃんのお母さんは、またまた説教を始めた。

「飼うの」

「ばかねえ。やどかりなんか飼って、どうするの。いくらしたの、それ?」

「一匹三十円。十五円のも、十円のもあったけど、これが一番大きくて、元気がよさそうだったから」

「何匹いるの、四匹?」

「うん」

「百二十円じゃないの。まあ、驚いた」

ユキ子ちゃんのお母さんは、そういって千枝の顔を呆れたように見た。

「あなたという人は、全く平均の取れない人ね。あそこの八百屋さんよりここの八百屋さんのきゅうりの方が、三円安い、なんていっているかと思うと、そんな気味の悪いものに百二十円も出して、平気でいるなんて」

千枝はそういわれると、なるほどそうだと思う。それで困ったような顔をして、袋の中のやどかりを見た。

(ああ、早く家へつれて帰って木登りをさせてやらなくちゃ)

「ほんとねえ。でも、子供たちよろこぶわ」

「そうね、子供はそんなものよろこびそうね。百二十円で、おもちゃ買ったつもりなら、ぜいたくってこともないわね。あなたのところだったら、大人のおもちゃになるんだもの」

そういって、ユキ子ちゃんのお母さんは、道の真中で大きな声を立てて笑った。

「さよなら」

「またね」

二人は、笑ったままの顔で別れた。

千枝は歩き出しながら、こうつぶやいた。

（ユキ子ちゃんのお母さんだって、あまり平均の取れている方ではないわ）

……おかやどかりは、矢牧の家の三人の子供を熱狂させた。

それは千枝が想像したよりもはるかに子供たちの気に入ったのである。

幸い、大阪から引越荷物を送った時に、貨車の中で平べったくひしげたまま元のかたちに戻らない洗面器が一つあった。それが、四匹のおかやどかりの家になった。

正三は植木鋏をもって家を飛び出すと、五分とたたないうちに、ふた叉になった手頃な枝を、どこからか切り取って帰って来た。

その間に、なつめと四郎は、家の前の道から砂利を運んで、洗面器の底に敷きつめた。

正三は、持って帰った木の枝（それをどこで切って来たのか、正三は何もいわなかったが、どうももちの木の小枝らしかった）を、小さい板切れに釘で打ちつけて、それを洗面器の真中に置き、板の上には石をのせた。

たちまち、おかやどかりの家が出来上った。

それは、彼らが生れた南の方の島の海岸の景色を思わせた。白い波の打ちよせる浜辺。聳え立つ椰子の木。もえる太陽。

「イザンバ」

一番最初に白い、丸い貝がらを背負ったおかやどかりが、早くももちの木の枝に登ろうとしかけた時、正三はそう叫んで、畳の上でとんぼ返りをやった。

　そこで、正三はこの木の頂上に一番先に登った勇敢なおかやどかりに、テンシンという名前をつけた。（テンシンとは、英国の探険隊を案内して、ヒラリーと二人でエヴェレスト山頂に登った、かの偉大なネパール人の山案内人だ）

　なつめも四郎も、テンシンの名前を知らない。それは無理もないことだ。

　そこで小学四年生の正三は、二人にテンシンのことを教えてやらねばならなかった。

「世界でいちばん高い山がエヴェレストだ。そのエヴェレストの頂上に登ったのが、テンシンなんだ」

「いい名前つけたな。よーし」

　なつめはそういって、腕組みをして自分のやどかりにつける名前を考えた。なつめのは、白い背中に白い背中にグレイの点々がついているやどかりだ。

　四郎は、横向きのほら貝の小さいようなのに入っているやどかりを自分のに決めた。

「ぼくのやどかり、うー、金太郎」

　それを聞いて、千枝は思わずふき出した。四郎は自分のもっている絵本の中で、この「金太郎」のはなしが大へん気に入っているのだ。

　まさかりかついだ金太郎

くまを相手にすもうのけいこ
　はっけよいや　のこった
　はっけよいや　のこった

それが、四郎の愛唱歌だ。

ところで、なつめは正三も四郎も二人ともいい名前をつけてしまったので、これはもう当り前の名前では負けだと思ったのか、ついに決心して、

「なつめのはね、エリザベス」

といった。

そして、やっと見つけたこの女王の名に満足した様子である。

千枝は知っているのだ。ついこの間、近くの草原で、なつめがユキ子ちゃんと二人で王様ごっこをして遊んでいた時のことを。

二人は野原の一角に、それぞれ自分の城をつくることにしたのだ。ユキ子ちゃんが先にこういった。

「あたしはイギリス。エリザベス女王よ」

そこで、なつめは困ってしまった。

「なつめちゃん、インドにしなさい」

「いやよ、インドなんか。だって黒いもの、あたし、いやーだ」

なつめは、不平そうにいった。

「それじゃ、フランスになさい」

「うん。あたし、フランスがいいわ」

「何という女王?」

「そうね」

また、なつめは困ってしまった。

「じゃあね、あたしが考えてあげるわ」

ユキ子ちゃんはそれからこういった。

「インフルエンザ女王」

「ああ、それがいいわ。あたし、フランスのインフルエンザ女王ね」

こうして、二つの城の女王は、お互いの城を訪問しあっては、野原がすっかり暗くなるまで遊んでいたのだ。

子供たちがめいめいのやどかりに名前をつけると、自然に千枝のやどかりが一匹だけ残ってしまった。

それはアラビヤンナイトの中に出て来る商人が頭にかぶっているターバンのようなかたちをした貝だ。黄色いターバンだ。

そこで、千枝はいくらか得意気にいった。

「あたしはね、黄色いターバン」

「なに？」

と正三がいった。

「きいろいターザンって、変だなあ」

「ターザンじゃないわ。ターバンよ」

バンのところに力を入れて、千枝がいった。

(このしゃれた名前が、分らないの)といわんばかりに。

しかし、千枝のせっかくの思いつきも、子供たちには取り上げられなかった。

「そんならいいわ。あたしの黄色にする」

「きいろ？」

なつめが呆れたというようにいった。

四郎はそれを聞くと、千枝に向って、

「お母ちゃん、うんこはきいろやね」

と真面目な顔をしていったので、正三となつめとはその場に引っくり返って笑った。千枝はもう叱ることもできなくて、四郎が兄や姉と一緒になってばか笑いしているのを見ていた。

大騒ぎをして、四匹のおかやどかりは、それぞれの持ち主と名前が決まった。四郎は、えびがにの時にこわがって指でつかむことが出来なかったように、今度もなかなか手を出さなかった。

しかし、正三やなつめが平気でつかみ、つかまれるとやどかりはおとなしく足を引っこめるのを見ていて、やがて四郎もおそるおそる金太郎をつかまえて、木の枝の上にのせてみた。

最初のうち、やどかりは人が手を出しかけると、その気配で動くのを止め、身体を貝の中に引っこめてしまった。それはとても敏感であった。

しばらく、やどかりは転がされた石ころのようにじっとしていた。

「何してるの？　あれ」

と四郎が不思議そうに聞いた。

「死んだふりしているのさ」

と正三がいった。

そのうちに、そろそろとやどかりは貝の中から出て来て、死んだふりを止めるのであった。

木の枝を登る時でも、やどかりはとても注意深かった。とび出した眼玉で進むべき方向をよく見、二本の長いひげのようなものを絶えずゆり動かして、確かめながら進んで行くのだ。

めくらめっぽう進んで行って、枝の先からすとんと下へ落ちるというようなばかなことはちっともしないのである。

正三のテンシンは最も勇敢で、彼は木の枝の一番高いところにとまって、平気で昼寝をしていた。

それは、いかにも昼寝という感じであった。なつめのエリザベスと千枝の黄色は、洗面器のまわりのところを足をすべらしながら這いまわって、なかなか木の枝の方へ行こうとしなかった。

「そんなことしていたら、疲れるじゃないの。ばかねえ」

なつめはエリザベスを叱った。

しかし、そのうちにエリザベスも黄色も石の上をわたって、木にたどりつき、上手に上へ上へと登って行った。

エリザベスは、頂上にテンシンが昼寝をしているのを見て、上品にそこより少し下のところにとまった。ところが、黄色はそのエリザベスの横をどんどん登って行き、昼寝しているテンシンの背中を這い上ろうとした。

「わあ、あつかましい黄色だなあ」

正三がふんがいした。

「後から来た者は、えんりょして下にいろ。実際、礼儀作法も知らんやどかりだなあ」

ところで、黄色は正三がふんがいしているのも知らん顔で、とうとうテンシンの背中の上に乗っかってしまった。

「おい、こら。黄色！　そんなところにのったら、テンシンが墜落するじゃないか」

正三はどなった。しかし、テンシンは黄色があつかましくも自分の身体の上に乗っかってしまったのに、迷惑そうな顔一つしないで、悠々と昼寝を続けているのだ。

それには、みんな感心しないわけにはゆかなかった。

「大したもんだなあ」

正三は首を振って、そういった。

ところで出来の悪いのは、金太郎だ。これは、木に登ろうなどということは、まるで頭の中に無いみたいだ。仲間が三人とも木の上はるか高いところに上ってしまったのに、彼だけはのんびり海岸の散歩を楽しんでいる。

四郎は、千枝からもらったキャラメルを一個、金太郎のそばの石の上に置いてやった。

「早く、キャラメル、食べえ」

そういって四郎が声援していたら、それにやっと気がついたらしくて、金太郎はキャラメルの上にかがみこんで、しきりになめ始めた。

それを見ながら、四郎は自分も口を動かしている。

……夜、子供たちはいつまでもやどかりのことが気になって眠ることができなかった。

やっと部屋の中が静かになったと思うと、電気を消した子供たちの枕もとで、どのやどかりか知らないが、小さい声で鳴き出した。

千枝はひとりでその声を聞きながら、このやどかりはいつ頃まで生きているのだろうかと考えた。

# 第十一章　星

「あと何日たったら夏休み？」

なつめの口からこの質問が出るようになったのは、まだ一学期が半分も済んでいないころからであった。

「まだまだよ」

と千枝が答える。

「まだまだってどのくらい？」

「まだねえ、なつめが六十回くらい学校へ行かないと夏休みにならないわ」

千枝がそういうと、なつめは分ったような分らないような顔で、

「六十回学校へ行くの」

とつぶやく。

夏休みの入口まで行き着くのに、自分の前にどのくらいの日にちが待っているのか、なつめには見当がつかないようであった。

六十回学校へ行かねばならないということは、しかし、いいことでないということだけはなつめにも分るのだ。まりつきを六十回続けるのはやさしいことだけれど、まりつきと学校へ行くのとは違うのだ。

学校へ行く時のなつめは、黒いランドセルを背負って、右手に給食袋（そこにはアルマイトの小さな椀が二つと箸箱が入っている）と草履袋を下げた上に、肩からまりを入れた網をぶら下げている。

もっとも、まりを持って行くのは、なつめが学校でまりつきをしたいためだ。

その恰好で、毎日、畑の中の道を通って学校まで三十分の道を通うのである。日ざしの強い日には、真赤な顔をして家へ帰りつく。

学校へ行くのが好きか、きらいか。そんなことを聞かれると、なつめは困ってしまう。好きとかきらいとか、そんなふうにいえる問題ではない。

とにかく、毎朝、「なつめ、起きなさいよ」とお母さんの呼ぶ声が聞えると、なつめはすっと起きてしまうのだ。

それは学校が好きだからではない。

なつめは黙って起きて、寝ぼけまなこで服に着かえ、朝御飯を食べる。

なつめをそんなふうにさせるのが、学校だ。そして、土曜日の晩にうっかり明日が日曜日だということを忘れていて、兄の正三に「ばかだなあ、なつめだけ学校へ行って来い」とひやかされて、「ああ、明日は日曜日！」と気がつく時は、とてもうれしい。それが学校だ。

そんななつめが、ある朝、会社へ行く父といっしょに家を出かけた時、歩きながらこういった。

「お父ちゃん、会社へ行くの好き？」

すると矢牧はびっくりして、それから、

「きらい」

というと、なつめはいかにもうれしそうに声を立てて笑った。

なつめが笑うので、矢牧もそれにつられて笑い出した。そして、それきり、二人はそのことについて話をしなかった。

何日かたって、夜、会社から帰って来た矢牧が、裸になって畳の上に横になっているそばへ来て、なつめがいった。

「お父ちゃん。この間、会社へ行くのきらいっていっていたね」

そういってなつめは、またも愉快そうに笑った。

このことはなつめが学校へ出て行くのをどう思っているかということと関係がある。なつめが学校へ行くことと、矢牧が会社へ行くこととは、実は同じことなのだ。

なつめには宿題があるが、矢牧には宿題はなく、なつめは月給を持って帰らないが、矢牧は月給を持って帰って来る。

それだけの違いだ。

「会社へ行くの好き?」と聞かれて、矢牧が「きらい」と答えたのでなつめが大よろこびしたのは、なつめが父に同情したからだ。

なつめが千枝に「学校よ」といわれてすっと起きるのは、なつめが我慢強い性質の女の子だからで、ふとんをはがされるまで起きない正三が横着な男の子というわけではない。

父親の矢牧は、小学生の時、どんなふうに起されてどんなふうに起きたか覚えていないが、学校を楽しいところというふうにいつも思ってはいなかった。

だから、正三が不機嫌な顔をして朝御飯を食べている気持も、なつめが寝ぼけまなこで服を着かえている気持も、矢牧にはよく分るのだ。

その矢牧自身、もう十年というもの、最初に起されてから少くとも十五分たたないと起き出すことが出来ないという悪いくせがついているのだ。

「あと何日たったら夏休み?」となつめが尋ねて、その度になつめは千枝に「まだまだよ」といわれて来たのだが、ある日、突然、夏休みはもうすぐ近くに来ていることが分った。

「七月になったら、すぐ夏休みよ」

千枝がいく度も繰返したその七月が、ついに来たのだ。

夏休みになったら、なつめは兄の正三と二人で大阪へ行くことになっている。これはもうお正月に大阪へ行った時から父と母に約束してあったことなのだ。

どうして二人で行くかというと、矢牧は夏の休暇を取って大阪へ帰ることにしていたが、休暇といってもせいぜい五日間だ。それだと、せっかく子供たちは大阪へ行ってもゆっくり遊ぶことができるのは中三日だけしかない。

それでは行ったかと思ったら、すぐに帰る日になってしまうので、かえって辛い気持になるというのが、正三となつめの意見である。

父の休暇をそれ以上延ばすことができないとすれば、正三となつめが先発隊となって、先に大阪へ行く。矢牧と千枝と四郎の三人は、一週間くらいたってからやって来る。

そうすれば、正三となつめはたっぷり十日間は大阪のお祖母《ばあ》さんの家で遊べるわけだ。

正三はもう四年生だし、なつめも二年生だ。東京駅まで送って来て汽車に乗せてもらいさえすれば、大阪まで行くのは簡単なことだ。

あとは大阪駅へ龍二兄さんにでも迎えに来てもらえばいい。そうすればお祖母さんの家で、一週間でも十日でも、自分のことは自分でして、ちゃんとやって行くと二人はいうのだ。

「ね、お父ちゃん、きっとよ」

なつめはその話が出る度に、かたく約束を求めたのだ。

正三はまたひとかど大人のような口ぶりで、

「大丈夫さ。ぼくがついて行くんだから。まあ、心配しないで下さい」

などというのだ。

それを聞いていると、矢牧はふと昔のことを思い出した。彼がちょうど今の正三の年に中学二年生の兄と二人で、夏休みに父の郷里の四国へ行ったのだ。

天保山という桟橋から小松島行の船に乗ったのが夜であった。父と一番上の兄が見送りに来てくれた。（この時、長兄は多分、中学五年生であった。どうしていっしょに行かなかったのか、それは覚えていない）

矢牧は、夜のことを覚えている。船の出発は朝とか昼間で、それも晴れた日には気持のいいもので、そんな時はいかにも出帆という広々した感じがするものだ。

ところが、夜の船着場というのは、昼間とはすっかり違った空気が漂っている。それはとても侘しい感じのするものだ。

その時は中学二年生の兄が矢牧の保護者であった、そして矢牧は兄と二人でする旅行を心細くもなんとも思ってはいなかった。

兄の方は家を出る時までは悠々としていたのだが、いよいよ船に乗って出帆の時刻が間近になると、変になって来た。

父がアイスクリームを買って来て、

「ほい、これ」

といって渡しても、心はアイスクリームになく、ただ受け取るばかりで、あとは父と兄がなんといっても、ただ「うん、うん」といっていた。

そのことは、後になって父がよく思い出して笑いながら話したので、兄弟の間では有名になってしまったのだ。

矢牧はその時、兄が心細い様子をしていて、父の眼には今にも涙ぐみそうに見えたということは、ちっとも気がつかなかった。多分、安心し切っていたのだろう。

兄にしてみれば、生れて初めてのひとり旅であり、それに小さい弟を連れているので、なおのこと責任が重く、船がまだ港を離れないうちに、(これは大変なことになったぞ)という気持でいっぱいであったに違いない。

四国の山の奥にある父の郷里には、祖父と叔父がいる。そこまで行くのには、この船があくる朝、小松島に着いて、それから汽車に乗りかえて徳島まで行き、そこからまたバスに乗っておおかた一日かかるのだ。

その道順を思っただけで、出発の日まで兄の心をみたしていた、親から離れて単独旅行をする愉快さは、たちまちどこかへ消え去ってしまったのだろう。

何をいわれても「うん、うん」とだけしか返事しなかった頼りなげな兄のすがたは、初めて子供を二人だけ旅行に送り出す父の心に深く印象に残ったのだ。

その夏休みからもう二十何年もたって、いまは矢牧がその時の父の立場になっているのであった。そして、出発前の船の上での兄のことを、その後みんなが大きくなるまでよく父が話していた気持も、矢牧にはこの頃になってようやく分って来るように思えた。

正三となつめが二人だけで大阪まで汽車の旅をすることは、それは実際なんでもないことだ。正三ひとりでもできるし、なつめだけでもやれないことではない。

むしろ矢牧には、これが大阪までの旅行ではなくて、サンフランシスコまでの船の旅なら愉快だと思う。お祖父さんかお祖母さんがカリフォルニヤのどこかの町に住んでいたなら、夏休みを利用して（少し短かすぎるけれども）正三となつめを太平洋の船の旅に送り出すことになるわけだ。

もっとも、それだと矢牧自身が船に乗って行きたいと思うだろうし、千枝も黙ってはいないだろう。

矢牧はそんなことまで空想して、ぼんやりとしている時があった。

梅雨明けにはまだ日があったが、すっかり梅雨が明けたような日照りの日が続いた。庭ではベルが、暑さにうんざりしたというふうに、垣根の日かげのところに寝そべっていた。

千枝が買って来た四匹のやどかりは、テンシンが三日目に逃げてしまい、驚いたことに上品なエリザベスまで七日目に逃げ出し、その行方は知れなかった。

テンシンの持ち主の正三とエリザベスの持ち主のなつめは、それこそ家の中も、家のまわりも、くまなく探しまわったが、どこへ姿を隠したものか、全く分らなかった。

そして、今や、洗面器の家には、黄色と金太郎の二匹だけが、昼も夜も、もちの枝の先にとまって動かなかった。

石の上のキャラメルは暑さでとけ、木の皮のところどころは、やどかりがかじって白くなっていた。

ある日、ユキ子ちゃんを呼んできて、なつめが二人でお留守番をした。

それは千枝が正三と四郎をつれて都心まで買物に出かけた時のことである。

みんなが行ってしまったあと、二人は劇をして遊ぶことにした。

なつめは自分のおもちゃを入れた押入の中から、花の模様のついた小さい着物を二つ出して来た。

「これを着てやるのよ」

なつめがいった。

「まあ、ずいぶんちいさな着物ねえ。どうしたの?」

ユキ子ちゃんがびっくりしていった。

「この着物はねえ、あたしがまだ小さい小さい赤ちゃんの時に着ていた着物なのよ」

「まあ、こんなちいさい着物着ていたの？　なつめちゃんが」

ユキ子ちゃんは、その着物の両方の袖を持って眺めた。

「お母さんがね、お人形あそびをするのに使ってもいいって下さったの」

「あら、そう。よかったわねえ」

なつめは、その赤い花がいっぱい咲いている着物を着ていた時のことを覚えてはいない。それはまだなつめがひとりで歩くことができなかった時分のことだから。

片方の着物の方が、丈が少し長い。その方をユキ子ちゃんが着ることにした。

なつめがいった。

「あたしとユキ子ちゃんはね、星の子供よ。二人はさびしい、小さな星にいるの。それは田舎の星なのよ」

ユキ子ちゃんは「うん、うん」とうなずいた。

「それでね、二人はいつもいっしょにまりつきをしたり、川へえびがにやおたまじゃくしを取りに行ったりしてたのしく遊んでいたのよ。でもね、だんだんつまらなくなって来たの。だから、二人でそうだんして、にぎやかな星へ行くことにするのよ」

「うん、わかった」

ユキ子ちゃんがいった。

「その劇をしよう」

二人は早速、着ていた服の上からその着物を着た。そして、顔を見合わせて、しばらく笑いがとまらない。

なつめもユキ子ちゃんも、着物の丈が膝のところまでしかない。

「つんつるてんね」

「だから田舎の星の子なのよ」

そこで二人は、誰もいない家の中で劇を始めた。最初になつめが出て来て見物席に向って、おじぎをした。

「では、みなさん。これから、二年二組、矢牧なつめと村田ユキ子の劇を始めます。田舎ごっこという劇です」

「田舎ごっこ」という劇の題は、なつめが口から出まかせにいったのだが、ぴったりした題であった。

舞台の両横に立った二人が、綱を引っ張る恰好をしながら、声を揃えて七夕のうたを歌った。

ささの葉さーらさら
のきばにゆれる

お星さまきーらきら
金銀すなご

するとﾞ、なつめがいった。

「ここは、お空のはしにある、さびしい、小さな星のくにです。そこに二人の星の子供がすんでいました」

そこまでいった時、ユキ子ちゃんがあわててとめた。

「なつめちゃん。星の子供の名前を決めていなかったわ。どうしよう?」

「ああ、そうね」

そこで二人は、星の子供の名前を考えこんだ。

ユキ子ちゃんがいった。

「あたしは、ちんちら星」

「ちんちら星?　かわいい名前ね。あたしはね、ちいさ星にするわ」

ちいさ星とちんちら星である。そこで劇は再び続けられることになった。

なつめは、もう一回やり直した。

「ここは、お空のはしにある、さびしい、小さな星のくにです。そこに二人の星の子供がすんでいました」

そこでなつめは一歩横へふみ出して、

「あたしは、ちいさ星」

ユキ子ちゃんも一歩ふみ出して、

「あたしは、ちんちら星」

つんつるてんの赤い着物を着た二人の田舎の星の子は、そこで手を取り合って無言のまま、しずかに二人の踊りを始める。踊りが終る。

ちいさ星「あたし、すっかりたいくつしてしまったわ」

ちんちら星「あたしもよ。もうこんな田舎にいるのはたくさんだわ」

ちいさ星「ねえ、ちんちら星。田舎はおもしろくないから、もっとにぎやかな、大きな星へ行ってみようよ」

ちんちら星「では、行きましょう」

二人はめいめいの家へ帰り、旅行の支度をして出て来る。ちいさ星もちんちら星も、風呂敷にキューピイや人形や絵本やまりやおもちゃの椅子やらテーブルやら、ごたごたしたものを包みこんでやって来た。

（なつめとユキ子ちゃんが相手の家へ遊びに行く時は、いつでもこれだけの世帯道具をひと揃いかついで行くのだ）

なつめがいった。

「こうして、ちいさ星とちんちら星は、遠い遠い空をこえて、にぎやかな星の都へとんで行きました」
二人は腕をくんでスケートをする人のように部屋の中を三、四回、ふわりふわりと動いてまわった。そして、賑かな星の都に着いたのである。
ところが、星の都に着いたとたんに、二人ともにわかに変てこな田舎ことばに変ってしまった。
ちいさ星「おら、おったまげた（びっくりした）」
ちんちら星「なんて広かんべえ（広いんだろう）」
ちいさ星「それにまあ、なんて人のたくさんいるとこだっぺ」
ちんちら星「何かお祭りでもしているのかな？」
ちいさ星「お祭りじゃあんめえ（ないだろう）」
ちんちら星「そんなら、なんだべな、この人たちは」
ちいさ星「ふんとだ（ほんとだ）。何してるだべさ、おら分らん」
ちんちら星「あんりゃ、車がまあ、たくさん走っとる」
ちいさ星「どうしてあんなに走るんじゃろ？」
ちんちら星「おら、こわい」
二人とも、大きな風呂敷包みをさげたまま道の真中に突っ立ってしまっているのである。なつめの荷物からはキューピイの頭が、ユキ子ちゃんの荷物からは人形の足が二本とび出している。

二人は、大きな溜息をつき、腕組みをして考えこむ。

ちんちら星がいった。

「おら田舎へ帰りたい」

するとちいさ星もいった。

「おらも田舎へ帰りたい」

そこで二人はこういうのだ。

「田舎さ帰って、えびがにつる方がいいだべさ」

「うんだ。うんだ。おたまじゃくし取ってあそぶ方がいいだべさ」

そういって、二人はまた来たときのように腕を組み合わして、ふわりふわりと空をとんで、田舎の星へ帰って行った。

「ちいさ星もちんちら星も、すっかり都がいやになって、またもとの、さびしい、小さな星へかえり、それから後は」

そこまでなつめがいった時、台所で、

「ごめん下さい」

と呼ぶ声が聞えた。男の声である。

「はーい」

なつめはそのままの恰好でとび出して行くと、台所に学生服を着た青年が、四角い風呂敷包みを持って立っていた。

ユキ子ちゃんも出て来た。その男は、二人の服装を見て、ちょっと面くらったふうだったが、なつめとユキ子ちゃんが黙って立っていると、

「あのー、学生アルバイトですけど」

青年はそういいながら、台所の床の上に風呂敷包みを置いて、ほどきかけた。

「いろいろあるんですけど、何か買って頂けませんか」

この時、ユキ子ちゃんはいきなりなつめの腕を引っ張って、家の奥へ連れて行った。そして、なつめの耳のそばに口をよせて、こういったのである。

「あのね、お母さんがいないっていっちゃだめよ」

今度はなつめがユキ子ちゃんの耳に口をつけていった。

「どうしていけないの?」

「だってねえ、お母さんがいないっていったら、あの男の人、お金出せっておどかすわよ」

「ほんと?」

なつめはびっくりしてユキ子ちゃんの顔を見た。ユキ子ちゃんは、「本当よ」というよ

うにうなずいて、なつめの耳にまた口をつけた。

「ずっと前、あたしの家へ来たのよ。お金出せって」

「こわいね。どうしよう」

「押入の中へかくれよう」

「うん」

二人はそれだけささやき合うと、そっと足音を忍ばせて、おもちゃ箱を入れてある押入の戸をあけてその中へ入りこんだ。

上の段には洋服箱を積み重ねてある。その下だから、二人とも背中をかがめて、おもちゃ箱に身体をぶつけながら、やっと戸をしめることができた。

「くらいね」

となつめがいった。

「しっ」

ユキ子ちゃんが黙っているように合図した。台所の方からは、何の物音も聞えて来なかった。

二人は窮屈な姿勢のままで、じっとしていた。

しばらくたってなつめが小さな声でいった。

「あたし、しびれがきれた」

「だめよ。がまんしないと、見つかるわ」

　ユキ子ちゃんは、なつめを叱った。

　またしばらくたつと、今度はユキ子ちゃんが身体を動かし始めた。

「ユキ子ちゃん、どうしたの？」

　なつめがそっとたずねた。

「あたしも、しびれがきれたらしいわ」

「もう、出ようか？」

「うん」

　二人はおもちゃ箱のある押入から這い出した。なつめの鼻の先にも、ユキ子ちゃんの鼻の先にも汗の粒がいっぱいたまっている。

「あたしが見て来るわ」

　ユキ子ちゃんはそういうと、縁側からはだしのまま飛び降りて、裏へまわった。なつめもそのあとから庭へ降りて、そっとついて行った。

　犬小屋の前では、ベルが千枝のはき古しのサンダルをくわえて、しきりに振りまわしている。

　ユキ子ちゃんが勝手口をのぞきこんだ。

「あら、いないわ」

それを聞いて、なつめは走って行った。

「あ、ほんと」

「お家の中へ入っていないかしら」

ユキ子ちゃんは、まだ油断はできないぞという顔で、あたりを見まわした。

なつめはなんだか気が強くなって来て、台所から家の中へ向って叫んだ。

「こらー。家の中にだれか入っているかー」

ユキ子ちゃんもそのあとから叫んだ。

「やい。出てこないと、戸をしめてかぎをかけてしまうぞ」

それでも、家の中からは何の物音も聞えなかった。ベルは二人にお構いなしに、古いサンダルを放り出しては飛びついて、振りまわしている。

「なーんだ。帰ったらしいわ」

ユキ子ちゃんがいった。

「よかったね。お金出せっていわれなくて」

なつめはほっとしたようにいった。

日ざかりの庭にかたまって咲きみだれている蛇の目草の上を、紋白蝶がいっぱい飛んでいる。

「ユキ子ちゃん、ちょうちょう取ろう」

なつめはすぐにそういった。どうせはだしになったついでだ。このまま足を洗って家へ上るより、はだしのままで蝶を追っかける方がいい。

「早く、早く。あみ！」

ユキ子ちゃんがどなる、なつめは玄関へ走って行って、そこに立てかけてあった網を二本取って来た。一本は四郎の網だ。

それから、田舎の星の子は、まるで劇の舞台を野外に移したかのように、手に手に網を持って、蛇の目草の上をとぶ紋白蝶を追っかけた。

ちいさ星もちんちら星も、こうしてはだしで蝶を追っかけているところがよく似合う。花の模様のついた、膝のところまでしかない着物も、ちっともおかしくない。

多分この着物をすっかり汗で汚してしまうまで、二人は蝶を追っかけるのを止めないだろう。

そして、もしもここへ千枝が正三と四郎をつれて買物から帰って来たなら、この二人の姿を見て、つくづくとひとりごとをいうに違いない。

(ああ。とうとうこの子らは、日本脳炎になってしまったんだわ！)

……しかし、実際には、なつめとユキ子ちゃんがつんつるてんの着物を着て、はだしで紋白蝶を追いまわしている光景を見た者は、家の前の道を夕方、笛を吹き鳴らして自転車で通りかかったお豆腐屋さん一人だけであった。

千枝たちは暗くなる頃に家に帰り着いたが、その時は二人とも星の子供からちゃんともとの賢いお留守番に戻っていた。

# 第十二章　アフリカ

正三がねころんで漫画の本をよんでいると、その横を四郎が通りかかった。その時、四郎が正三の足をぽんとけって逃げ出す。

どうして四郎がそんなことをしたかというと、それには理由がある。さっきおやつのびわをもらった時、兄の正三はさっさと自分の分を食べてしまって、四郎がゆっくりと絵本をそばにおいて楽しみながら食べようとしているのを、いきなり一個わしづかみにして逃げたのだ。

むろん四郎は大声をあげて、兄のあとを追っかけた。庭で洗濯物を取りこんでいた千枝は、四郎のたてた悲鳴があまり真剣であったので、びっくりして来てみると、何のことはない、びわをつかんだ正三が家の中を逃げまわり、そのあとを四郎が顔色をかえて追っかけているのだ。

「こら！　正三」

千枝がどなると、正三はやっとそのびわを四郎に返した。

「そんな悪いこと、するもんじゃありません。見てごらん、四郎の顔を」

そういって千枝は叱ったものだ。

そして涙をこぼしている四郎を見て、ふき出しそうになるのを我慢した。

（なんとまあ、簡単に涙が出る子だろう）

びわを取られたら、この世に生きる甲斐が無くなったかのように悲しむのだ。

正三は、ちょいちょい、そういういたずらをやって弟を困らせる。それは、四郎がこんなに真剣になって泣き叫ぶのが面白いのだ。

びわだから、すぐに口の中に放りこむということが出来ないし、それに最初から食べてしまうつもりで取ったのではない。

四郎に追っかけさせて、家の中をぐるぐる走るのは、退屈している時にはちょうどいい運動になる。正三は、そう思っている。

すぐ口の中へ放りこめるお菓子であったら、ぱくりとやってしまうこともある。そうすると、もう四郎は涙がこぼれて止まらず、そのうらみは一と月ぐらい忘れない。

通りがかりに四郎が正三の足をぽんとけって逃げたのは、びわのうらみだ。

あれだけ心配させられて、これだけの仕返しでは全く引き合わない。

「あ、やったな」

正三は漫画の本を放り出すと、いきなり四郎の足をめがけてフライング・タックルをやった。

（フライング・タックルというのは、ラグビーの試合で、ボールを持って走って来る敵をくいとめるために、身体が宙に横になるくらいにして飛びつく、勇ましいタックルのことだ）

このタックルは見事にきまって、四郎は畳の上に倒れた。

たちまち、正三は四郎のおなかに足をかけて、胴じめにしてしまう。

すると、四郎は叫ぶのだ。

「まかれたー」

四郎にとっては、相手は正三ではなく、大蛇なのである。四郎の身体を締めているのは、大きな、丸太ん棒のような蛇なのだ。

「えい、やー」

四郎はこんな時にいつでも発する掛け声をかけて、大蛇のぐるぐる巻きから逃れようとして力をしぼる。

ところが、正三はびくともしない。

「えい、やー」

四郎は何度も掛け声をかけるが、ちっともよくならないのである。

最初、「まかれたー」と叫んだ時は、四郎は笑っているのだが、いくら頑張っても巻きついた大蛇が離れないと、だんだんその声が悲鳴に変ってゆく。

「おーい、たすけてくれえ」

四郎は、大きな声で救いを求めるが、なつめはユキ子ちゃんの家へ遊びに行っているし、千枝は庭にいるが来てくれない。

「こら、降参か。どうじゃ」

正三がいう。すると、四郎は、それには返事をしないで、

「たすけてくれえ」

と叫ぶ。

「よくも、わしの足をけったなあ。こら。降参といえ」

「たーすけてくれえ」

「降参といえ」

「えい、やー」

四郎は、なかなかしぶとい。簡単にあやまりなどしない。もうその顔は、真赤になっている。

「よーし。あやまらんな」

「たーすけてくれえ」

「あやまったら、はなしてやる。ごめんといえ」

「しめられたー」

「ごめんといえ」

「おかあちゃーん」

そこへ、千枝が腕にいっぱい洗濯物をかかえて縁側へ現われた。

「正三。やめなさい」

その一声で、正三はやっと締めるのを止め、四郎はまるで蛙みたいに足の間からとび出した。

そして、正三はそのまま畳の上に長くなって息をしている。正三のそばからやっと逃げることができた四郎は、今にも泣き出しそうになっていた顔が、たちまちもとの平気な顔に戻って、今度は正三がフライング・タックルをやろうと思っても絶対に飛びつけない位置まで避難して、そこで勇ましく叫んだ。

「えい、やー。こんな大蛇なんか、こわくないや」

四郎は正三につかまって胴じめにされると、すぐに悲鳴をあげるくせに、離れたとなると、そんなことがあったかというふうな顔をする。

それがまた正三のしゃくにさわるのだ。

シャツが上の方にまくれて、パンツが下の方にずり落ちて、自然とおなかがまる見えの四郎の姿が、正三にはアフリカの土人の子のように見える。

この土人の子は、とてもしつこい。正三がもういいかげんこりただろうと思って、またもや夢中になって漫画の続きを読んでいると、どこからともなく足音を忍ばせて四郎が近よって来る。

うっかりしていると、また仕返しをやられる。いきなり叩いて、逃げる。

そうなると、もう正三は本気になって怒って、今度はお手やわらかな胴じめくらいでは済まさない。四郎の身体の上にのしかかって、がんじがらめに包みこんでしまうのだ。胴じめだと、手足は自由だから、あばれることができる。ただ、いくらあばれても逃げられないだけだ。

この「包みこみ」をやると、四郎の身体は寝間着か何かのように小さくまるめこまれてしまうから、顔も手もおなかも足も、全部身動きできなくなる。

「まかれたー」と叫ぶことも、得意の「えい、やー」の掛け声も、包みこまれてしまっては、満足に出ない。

これが四郎にとっては一番苦手の攻撃である。それで、包みこまれたとなると、ただもう落し穴に落ちた小猿のように、悲鳴をあげるばかりであった。

それでも、この子は強情で泣きわめいているのに、決して簡単にあやまらない。正三はなんとかして、あやまらしてやろうと思い、責め立てるのだが、泣き声でごまかして、結局四郎は逃れてしまう。

そんな時、四郎の顔は真赤になっている。暑い最中に、二人はこんなことを何べんとなく繰返すのである。

千枝はそれには呆れてしまい、おしまいにはいくら四郎が救いを求めて泣きわめいても、放っておくのだ。

汗だらけの身体で、よくも飽きずに同じことをやるものだと思う。しかし、そのうち千枝はいつとはなしに感心したような気持になって来るのだ。

いったい、あの繰返し繰返しかかって行く力は何だろう？　あのばからしいほどの、無駄づかいされている力は、何だろう？

それは、いってみれば、子供の生命力というものだが、そういってしまうと、面白くなくなってしまうのだ。

正三と四郎の格闘を見ていて、千枝はそのような不思議な、ある羨ましさを感じずにはいられなかった。

正三やなつめが気に入っている写真がある。それは父のアルバムの最初の頁に貼ってある二枚の写真だ。

一枚の方は、矢牧が四つか五つの頃の写真で、家の門の前のところで大きな口をあけて泣いているところだ。胸のところが開いていて、下の方でバンドでとめてある、なんだか変な上着を着ている。その下に毛糸のシャツらしいものを着ているから、秋の終りか冬の始めのあたたかい日に写したものらしい。

大きく引き伸ばしてあるので、輪廓もいくらかぼやけているが、その泣き顔が子供たちの気に入ったのだ。

まるで、大きな泣き声が聞えて来そうに思われるくらいに、よくとれている。「お父ちゃん、こんな顔して泣いてたの?」

なつめは、そういって矢牧の顔と見くらべて、不思議そうにいうのだ。

その写真を写したのは、矢牧の父である。その時のことを、矢牧は覚えている。父が家族の者の写真をとろうとした時、矢牧は自分をとってくれないといって泣き出したのだ。そこをうまく写されたわけである。

引き伸ばした写真を前にして、「芸術写真だ」といって父が自慢していたのを、矢牧は記憶している。芸術写真というむずかしい言葉を、どうして矢牧が耳にとめて、覚えていたのだろう。

それは不思議なことだが、たしかに矢牧は父がそういったのを覚えている。

正三やなつめがそれを見て大よろこびするのも無理はないくらい、見事な泣きっ面である。

その次に、もっと子供たちが面白がる写真がある。

それは、棒をもった十二人の土人がならんでいる写真だ。前列の一番左の端にいるのが矢牧だ。

小学五年の時の七夕まつりで、矢牧のクラスから十二人の生徒が選ばれて、ニュージーランドの土人の踊りをやった。

半ズボンの上から棕櫚《しゅろ》の葉っぱをつけ、上半身はむろん裸、頭にはプラタナスの葉っぱをつけている。

手に持った棒は、ところどころ火で黒く焦がしたやつで、背丈よりもまだはるかに高い。

舞台の中央にかがり火をたいて（それは実際に燃やしたのではなくて、赤い布をたきぎの上にかけて、その下に電球をつけたのだ）、この十二人が勇ましく土人の踊りをやったのである。

中には、あばら骨の見えるような、たよりない土人がいて、そいつが胸をうんと張って物ものしく身構えているところは、滑稽だ。とても人の首なんか取りそうにも思われない。

矢牧はどうかというと、左手を張ってひざの上におき、片方の手は眼の高さくらいのところで棒をにぎりしめ、頭には欲ばってたくさんプラタナスの葉をくっつけているので、その葉っぱの先があごまで垂れている。

まずまず、ニュージーランドの十二人の土人の中では、強そうな方に見える。

この時の踊りを、矢牧は大方忘れてしまった。しかし、それは別に踊りというほどの踊りでもなかった。

「マオリハーカー、プリペアー」

最初の掛け声は、こうである。

プリペアーというのは、「準備せよ」という英語だから、これは多分（マオリ族の者どもよ、さあ、用意はいいか）というような意味かも知れない。

その次に、全部でどなる文句は、

「エーランガテラー、エーラ」

というのだ。

こうなるともう分らないが、想像してみれば、（得たりや応）というような力強い声なのであろう。

そのあとは、ただもう長い棒を突き出しながら、身体を前後に大きくゆすって、足で地面を打ち鳴らしながら、輪になってまわるのである。

その時に歌うのは、ゆっくりとした節で、「エーイ、エーイ、エーヤーハイ、エーヤー

ハイヤーハーイ」という文句を繰返す。一番最後には、

「ウイヤ、ハー」

と声を揃えて勇ましくどなったかと思うと、めいめいあらん限りの声を振りしぼって、

「ヒャー」

とわめいて飛び上るのだ。

どうしてこんな踊りを七夕まつりにしたかというと、矢牧の学校の先生で、ボーイ・スカウトの代表としてニュージーランドへ行った人がいて、その時向うで教わった土人の踊りをみんなに教えたわけだ。

この踊りは大へんやさしいもので、歌の文句も矢牧が未だに覚えているくらい簡単なものであったが、七夕まつりに出るまでにはずいぶん練習を重ねた。

矢牧は学校でも「マオリハーカー・プリペアー」を練習し、家へ帰ってからも飛び上りながら物すごい叫び声を出す練習をひそかに積んだのである。

姉は勉強の邪魔になるから、家の中で土人の踊りを練習するのは止めてほしいと苦情をいい出し、それで仕方なしに矢牧は庭へ出て行って、プラタナスの木をまわりながら、

「マオリハーカー・プリペアー」を練習したのだ。

矢牧のアルバムに残っている子供の時の写真というのは、この二枚だけだ。

そして、正三もなつめも、十二人の土人の写真の中から父を見つけ出すことは出来なか

った。

この肩をそびやかし、勇ましく胸を張った小学五年生の男の子の顔から、今の矢牧を思い浮べることは、これは実際、誰にも無理なことかも知れない。

しかし、矢牧の心には、この写真を写された時の気持は、かすかではあるが消えずに残っている。

プラタナスの葉っぱを欲ばってたくさん頭にしばりつけ、腰のまわりを棕櫚の葉で覆い、背よりも高い棒を握りしめた時の、得意になった気持を、矢牧は覚えている。

大人になって、分別くさい暮しをするようになった今の方が、かえってプラタナスの葉っぱと棕櫚の葉と背よりも高い棒を恋しく思う気持が強いのである。

毎朝、顔を洗い、ひげをそり、ワイシャツを着、ネクタイを締めて、満員電車にとび込んで会社へ出かけて行き、夕方には疲れて、すっかりつまらない気持になって、同じ電車に乗って帰って来る。

これが、矢牧たちサラリーマンの暮しなのだ。

そこで矢牧は、いつも心に思うのである。朝起きても、顔も洗わず、ひげもそらない生活をどうかしてしたいものだと。

これは、矢牧がなまけものだから、そんなことを考えるのだろうか。

たしかに矢牧はなまけものである。しかし、ただなまけものであるからそんな望みを持つのだとはいい切れないものがある。

矢牧の心の中には、ひげをそりネクタイを締めて会社へ通う生活を厭い、プラタナスの葉っぱと棕櫚の葉を頭と腰につけて、「マオリハーカー・プリペアー」を叫びたい強い気持がひそんでいる。

かんかん照りの日には、日なたを平気で歩きまわり、太陽の光りが強いことをよろこび、木かげの涼しい風とそこでする昼寝をよろこび、夕立が来れば裸のままで外へとび出し、手間のかからぬシャワーだといってよろこぶ。

そんな生活を矢牧はしてみたい。

つまり矢牧は、文明人であるよりは野蛮人の暮しに近いことをしたいのである。その方が人間として幸福なように思われる。

しかし、矢牧が野蛮人の暮しに近いことをしたいと思っても、実際にはその希望は叶えられないのだ。

そこで、プラタナスの葉っぱと棕櫚の葉をいっぱいつけたいと思いながら、やはりワイシャツを着、ネクタイを締めて矢牧は会社へ出かけて行くのである。

ある日、矢牧が会社から帰って来ると、いきなり千枝にいった。

「おい、アフリカへ行きたいか」

千枝はびっくりした。

「どうしたの、アフリカが?」

「船でぐるっとまわって、五ヵ月かかる」

「あたしたち、行けるの?」

千枝はいったい何の話か聞きもしないうちに、顔をかがやかせていった。

「いや、全部は無理だな。子供は、やっぱり、だめだろうな」

矢牧はそういった。

「ねえ、会社からやってくれるの?」

千枝は、始めて具体的なことにふれた。

「いや、そうじゃない」

「勝手に行くの?」

「勝手に行くって、そんなアフリカへ簡単に行けるもんか」

そこで、やっと矢牧はわけを話した。

その日の午後、会社へ中学の時の同級生で医大へ行った小島という友人から電話がかかって来たのである。

学校にいた時分は、よく一緒にラグビーをやってあばれた仲間である。卒業後は別れたきりでその後の消息を知らなかったが、今は汽船会社の船医をしていて、世界を股にかけているというのであった。

どうして矢牧が東京にいることが分ったかというと、同窓会の名簿で見たので、一度電話をかけてみようと思っていたのだという。

早速、夕方、銀座のビヤホールで会って、大いに旧交をあたためて来たわけである。

その時、彼がいうには、今度九月の中頃にアフリカ航路の貨物船が出発するが、どうだ、一緒に乗って行かないかというのだ。

乗ってもいいのかというと、「大丈夫だ。おれが社長に頼んでやる」という。最初はどうもあまり突然な話なのでぼんやりしていたが、よく聞いてみると全く実現の可能性のない話でもなさそうだ。

ただ、問題は相当な暑さのためにこの航海はかなり身体にこたえるという点だ。馴れた船員でも一航海に飲むビタミン剤がかなりの金額になるという。それさえ覚悟なら、あとは一切おれが引き受けるというのである。

それだけのいきさつを千枝に話して、矢牧は感にたえない様子でいった。

「実際、アフリカへ行けるなんて夢のような話だからな、ケープタウンをまわって、ずーっと行くんだからな」

「ほんとねえ」

千枝は、まるでケープタウンの街が向うの海の上にそびえ立つのが見えるような声で、そういった。

矢牧も千枝も、自分たちがアフリカ一周の貨物船に乗り込んで五ヵ月の航海に出ようと決心しさえすればそれができる身分の人間であるかのように話をしているのであった。

「地中海も通るのね」

と千枝がいった。

「当り前だ。地中海も通るし、スエズ運河も通るし」

「わあ、いいなあ」

「それから、あの、ほれ、なんとかいった、ハイカラな名前の町があるだろう」

「何?」

「あの、えーと、なんといったかな、映画の題にあったじゃないか」

矢牧は、いまにも思い出せそうで思い出せないという様子で、頭をしきりに振った。

「お前、見なかったか。あの映画?」

「あの映画って、どの映画?」

「ばかだなあ。その映画の題が、つまりその町の名前だっていってるのに」

「いつごろあった映画?」

「終戦後だ。二十一年か二年か、その時分だよ」

「アメリカ映画ね?」

「うん。今度の戦争のことで、パリが出て来たり、その町が出て来たりして、なんだかせわしい映画だった。そうだ。パリがドイツ軍に占領されて、それで抗独運動をやるというふうな話で、女も出て来て、いろいろと勇ましく舞台が変るんだ」

「なんだか、よく分らないわ」

「おれも、途中で何度も眠ったような記憶がある。話がはっきりしないのは、多分そのせいだろうよ」

「あたし、見ていないわ」

「そうか。それじゃ、仕方がない。その町も通る。北アフリカの海岸にある町だ」

矢牧はその町の名前を思い出そうとして、その感じは頭の中にありながら、いまにも出て来そうで出て来ないのをうらめしく思った。

それで彼はちょっと黙りこんだ。

「どっちの方からまわるの?」

千枝が尋ねた。

「印度洋の方から東海岸をまわって行くんだそうだ。つまり、ヴァスコ・ダ・ガマが探険したのと反対のまわり方をするわけだ」

ここで、矢牧は記憶力は衰えたりといえども、まんざら見捨てたものではないという顔をした。

世界で最初に印度航路を開拓したのは、ポルトガル人ヴァスコ・ダ・ガマ氏であり、彼は一四九七年の夏にリスボンを出発して、ケープタウンをまわって翌年五月に印度のカリカットにたどり着いた。

何年に出発したかということは矢牧は覚えているわけではない。むろん何月にカリカットに着いたかも知らない。

ただ、ヴァスコ・ダ・ガマ氏が初めてアフリカの南端をまわってインド航路を発見したことさえ知っておればよいのである。

この印度航路の開拓者がまぎらわしい名前の人物でなくて、個性あふれる名前の持ち主であったことを、矢牧は感謝しているのだ。

あらゆる歴史学習者は、ヴァスコ・ダ・ガマ氏と彼の探険を成功させてくれた神に感謝を捧ぐべきだと、矢牧は思うのだ。

「そうすると、地中海は帰りに通るわけね」

千枝は、どうも広大なアフリカ東海岸、西海岸よりも、地中海の方を気にする。

「カプリ島や南フランスの海岸なんか、見えるかしら」

「さあ、南フランスは無理だろうな。スペインの山々なんか、ひょっとすると見えるかも知れん」

「港にとまったら、上陸できるの？」

「むろん、できるさ。ケープタウンで、鸚鵡《おうむ》を買おうかな」

「そうね、あたしは何がいいかな。縞馬を買いたいな」

「船に乗せてくれるといいが」

「縞馬をつれて帰って、子供らをのせて散歩したらいいだろうな」

矢牧はまた首をかしげた。

「えーと、なんという町だったかなあ。どうも気になる」

その町の名前を思い出せないことが、矢牧の空想のひろがりをどうも邪魔していた。

「たとえば、どんな名前の町？　その感じは」

「その感じは、そうだな、なんといったらいいかな。ハイカラで、野生的な。つまり……。どうしたんだろう、変だな。思い出せないぞ」

「そこへも寄るわけね」

「うん。何か、町全体がバアみたいな、つまりそんな感じの名前の町なんだ」

今度は千枝が、ちょっと面白くなさそうな顔になった。

「暑いんでしょうね」

「それは、暑いさ」

「五ヵ月も船の上にいるの？」

「船の上にいるのは、正味三ヵ月だそうだ。あとの二ヵ月は、港にいるわけだ」

「二ヵ月も？」

「うん。五ヵ月の間に、十五の港へ寄るんだそうだ。一つの港へよると、三日か四日とまっているわけだ」

「三日か、四日ね」

千枝は何を考えているのか、ぼんやりしていた。二人が行けるはずのないアフリカ旅行についてこんな会話をしている時、隣りの部屋では子供たちは、蚊帳の中で入りみだれて眠っていた。

入りみだれて？　そうだ。四郎のふとんになつめが、なつめのふとんに正三が、そして正三のふとんには四郎が眠っていた。

……矢牧は次の日の昼、会社で蕎麦《そば》を食べていた時に、北アフリカの海岸にある町の名がカサブランカであることをやっと思い出した。

# 第十三章　子供の旅行

畑の中のとうもろこしは、農夫の背よりもはるかに高く伸び、ゆたかに垂れた広い葉に日はいちにち照りつけ、森や野の上に大きなかたまりの白い雲がたたずんでいたが、ある日、正三となつめの前にとうとう夏休みがやって来た。

そして、二人はずっと前から約束していた通り、矢牧と四郎よりも早く、大阪のお祖母さんの家へ行くことになったのだ。

出発の前の日に、なつめがユキ子ちゃんの家へ遊びに行くと、ユキ子ちゃんはバスケットからキューピイを出して服を着せていた。

「ユキ子ちゃん、何しているの？」

なつめがいった。

「お城ごっこしているの」

ユキ子ちゃんは、キューピイから眼を離さないで答えた。なつめが明日から大阪へ行ってしまうことを、ユキ子ちゃんは知っているのである。

なつめが行ってしまうと、十日間ぐらい、ひとりで遊ばなければならない。そのこともちゃんと知っている。

ユキ子ちゃんのお父さんのお国は秋田で、お母さんのお国は熊本だ。お父さんのお国の方が近いけれども、それでも汽車にずいぶん長い間乗らなければならないので、子供をつれての往き帰りが大変だから秋田へは帰らないのだ。

ユキ子ちゃんのお父さんもお母さんも、そんな苦労をするくらいなら、夏の休暇は家にいて毎日、昼寝をして西瓜を食べて暮す方がいいという意見である。

お父さんやお母さんはそれでいいが、ユキ子ちゃんは仲よしのなつめが大阪へ行ってしまうので、なんだかつまらない。

「あそびましょ」

なつめがいった。なつめは、風呂敷包みにあそびの道具をひと揃い持って来ているのである。

その中に、キューピイも入っているのだ。

「うん。上っておいで」

ユキ子ちゃんは、そういった。

　それから、二人はお城ごっこを始めた。そのお城ごっこというのは、女王さまがいて、その女王さまに赤ちゃんがいっぱい生れる。悪い女中がいて一番かわいい赤ちゃんを盗み出して森の中へつれて行って捨ててしまう。すると心のやさしい木こりが来て、かわいそうな赤ちゃんを家へつれて帰って育てるというお話なのだ。

　いつでも、同じ筋ではないけれども、だいたいそんなお話をつくって、それぞれのキューピイを女王さまにしたり、赤ちゃんにしたり、悪い女中にしたり、帽子をかぶらせて木こりにしたりして遊ぶのだ。

　いつでも物語はお城の中から始まるので、お城ごっこというのである。

　時には大火事があったり、洪水があったりして、女王さまも赤ちゃんも悪い女中も、みんなお城ごと（それはバスケットか何かの空箱だ）どこかへ避難することがある。

　その日は、いつものように夕方まで楽しくお城ごっこをやって、帰る時が来た。

　ユキ子ちゃんのお母さんは、井戸のポンプを押して風呂の水を汲んでいたが、キューピイを入れた風呂敷包みをもって裏から帰りかけるなつめに声をかけた。

「なつめちゃん、明日、大阪へ行くのね」

　なつめはうんといった。

「いいわねえ。おばちゃんもいっしょに行きたいなあ。連れてってくれない？」

　なつめはユキ子ちゃんの顔を見て、二人で眼を見合わせて笑った。

「だめ？　かしこくしていても、だめなの？」

「だめよ。お母ちゃんなんか、汽車に乗ったらすぐにアイスクリーム食べたいとか、サイダーほしいとかいうんですもの」

ユキ子ちゃんがそういった。

「あら、よく知っているわね」

お母さんは、ユキ子ちゃんにやっつけられて笑い出した。どうやら前にそんなことがあったらしい。

「でもいいわね、なつめちゃんのお国は近いから」

ユキ子ちゃんのお母さんは、急にしんみりした声になった。

「あたしのお国まで帰ろうと思ったら、汽車の中で一日半もいなきゃならないんだから。ユキ子もまだ一度も行ったことないわね」

ユキ子ちゃんは、うなずいて、

「でもユキ子、秋田のおじいちゃんのところは一回行ったことがあるわ。お正月に行ったね」

とお母さんの方を見ていった。

「大阪へ行ったら、手紙ちょうだいね」

ユキ子ちゃんのお母さんがいった。

「どこか海へ行くでしょう?」

「分らない」

となつめが答えた。

「じゃあ、気をつけて行っていらっしゃい。汽車で物を買う時は、窓から買うのよ。特急は駅へとまってる時間が短いから、出たらだめよ。置いてきぼりにされたら、大変だわ」

「大丈夫よ。お母ちゃん」

ユキ子ちゃんが横からそういった。

「さよなら」

なつめは、二人に向ってそういって、道へ出た。

ユキ子ちゃんのお母さんは再びポンプを押し始めた。そしてユキ子ちゃんは、垣根の横に立って、なつめを見送っていた。

やがて、ユキ子ちゃんの姿もユキ子ちゃんの家も、とうもろこしの畑のかげにすっかり隠れてしまった。

(大阪へ行ったら、忘れずにユキ子ちゃんに手紙を出そう)

なつめはそう思いながら、畑の中の道を歩いて行った。

あくる朝、矢牧の家族は早起きした。

四郎はれいの調子で、もっと眠っているといって起きようとしなかったが、それでは一人で置いて行くぞと矢牧にいわれて、やっとしぶしぶ起きた。

もともと四郎は、自分だけ残されて、正三となつめが二人だけ先に大阪へ行くのがしゃくにさわっているのだ。

つまり、正三もなつめも一人前の扱いを受けて汽車に乗ることを許されるのに、自分だけ別の扱いにされるのが不服であるらしい。

前の晩も、二人がボストン・バッグに着がえのシャツやら海水着やら入れてもらっているのを見て、四郎は大いにひがんでいたのだ。

そして、正三やなつめに対してひがんでいたのは、四郎ばかりでない。出発の支度をした二人がベルのところへさよならをいいに行くと、ベルはなんともいえない情なそうな、ひがみっぽい眼つきで二人を見上げたものだ。

矢牧の家族がみんな家を出て行ってしまって、自分だけこの家に取り残されては大変と、走りまわっては悲しそうな声を立てて吠えた。

「ベル、すぐ帰って来るから待っていなさい」

千枝がそういっても、ベルはそんな声は耳に入らないかのように鳴くのであった。

「大阪へ行くのはいいけど、ベルに鳴かれるのがいちばんつらい」

正三は、ベルの声がやっと聞えなくなるところまで来た時、そういった。

東京駅に着いた時、プラットフォームには特急つばめを待つ人たちがすでに列をつくっていた。

矢牧は切符の列車番号を見ながら歩いて行った。

「ここだ」

正三となつめは、列のうしろについた。

いつもだったら、二人とも呑気に構えているのだが、今日はさすがに緊張している。正三は自分の足もとにボストン・バッグを置き、なつめはその横を離れずにいる。

これが、矢牧も千枝も全部で大阪へ行くのだと、正三もなつめもおとなしく列にくっついているものではない。

たちまちそのあたりで追っかけあいを始めるか、不意にどこかへかけ出したかと思うと、また一目散にかけて来るという具合だ。

全く片時も、じっとしていないのである。

四郎は臆病者だから、そんな時も列を離れず、千枝のそばにくっついていて、なつめがどこかへ行ったきり戻って来ないと泣きそうな顔になるのだ。

そして、今度なつめが姿を現わすと、「もう行ったらいけない」といって、姉の腕をつかまえて放そうとしないのである。

だいたい、四郎は田舎で暮しているので、たまに人が大勢歩いているところへ連れて来られると、すっかりこわがってしまい、口もきかなくなるのだ。

はだしで網をもって紋白蝶を追っかけている時の元気は、どこかへ消えてしまうのである。

昨日まで四郎は、兄と姉が二人だけで先に大阪へ行くことに対して明かに不服の気持を現わしていたが、今日、東京駅まで来ると、自分が正三となつめの側にいなくて、父と母といっしょにそれを見送る側にいることに、どうやら満足しているようであった。

そこで、いつもとは反対に、今日は四郎ひとりがのびのびしていた。

なつめは物怖じしない性質であるが、いっしょに行く兄の緊張が伝わって来て、いつもよりはたしかにおとなしくしている。

フォームの拡声器は間もなく特急つばめ号が入って来ることを報じ、正三となつめはすわこそとボストン・バッグに手をかけた。そして二人は間もなく「つばめ」に乗り込んだ。

窓の方になつめが、通路の方に正三が坐った。二人のまわりは、大人ばかりであった。

矢牧が見るところでは、凶悪そうな顔つきをした人間はまずまずいないようである。

二人の座席から通路を一つ隔てたところには、格別特徴のない、普通のみなりをした男が二人ならんで腰かけて居り、二人とも週刊雑誌を座席の前にある小さな台の上にのせていたが、彼らは知合い同士ではなかった。

すぐうしろの席には、よく肥った商人風の男と、その細君らしい和服の女が坐っていた。

前の席は、ポロシャツを着た大学生の二人連れである。

彼らは大阪へ着くまでの八時間の間に、小学生の兄妹の旅行者に対して、積極的な保護を与えることもない代りに、少くとも危害を加えるということはなさそうな、ごく普通の乗客であった。

二人の荷物は、ボストン・バッグと昼の弁当を入れたビニールの風呂敷包みが一つだけである。もしかりにこの車の中に、特急つばめ号専門の盗賊が乗客を装って乗っていたとしても、彼は正三となつめのボストン・バッグには大した値打ちのものが入っていないことを、一目で見抜くにちがいない。

その通りである。

ボストン・バッグの中には、二人のシャツやパンツの着がえと海水着と夏休みの宿題と本と、それからおみやげに持って帰る海苔《のり》の罐しか入っていないのである。

お金は正三のシャツの胸のポケットに切符といっしょに入っている。これは、大阪での二人の小遣いである。

矢牧も千枝も、二人がこのまま大阪まで行く間に何か心配ごとが起るとは考えてはいない。

ただ、途中駅で停車した時に、物を買いに降りて、まごまごしていて乗り遅れたりさえしなければいい。

それで、ユキ子ちゃんのお母さんがなつめに注意してくれたように、物を買う時は窓から、それで買えなければ我慢するということにすれば、間違いはないわけである。

千枝がお茶を二つ買って来て、二人に渡した。

「ああ、わしもこのまま行きたくなった」

と矢牧がいった。

「ほんとね」

「二度手間だよ。もう一週間もしたら、そっくりこれと同じことを、またやるわけだ」

矢牧は今やっと気がついたようにいった。

「これを逆にすればよかったんだな。つまり行きがけは全部で行って、帰りに二人だけ置いて来る。すると、迎えに行くだけで済む」

「そうね。迎えに行く方が楽かも知れないわね」

「うん。だいいち、同じことを二度くり返さんだけでもいい。それに、迎えに行く時なら会社の帰りに夕方、ちょっとわしが寄るだけで済むわけだ」

「来年の夏はそうしましょう」

「そうしよう」

矢牧夫婦が何だか間の抜けた会話をしている間に、あらかた車の中は詰まってしまったようである。

「早く出たらいいのになあ」

なつめがいった。

すると、千枝が矢牧の方を振り返っていった。

「ほんとに、なつめはいいわね。こんな小さい時分から東海道を行ったり来たりしているんだもの。あたしなんか、女学校の五年の時よ、富士山を見て感激したのは。なつめが幼稚園の時から富士山を何べんも見ていると思ったら、感激したのがばからしいみたいな気がする」

「それは、そうさ。お前が富士山に感激したのはそれが当り前で、なつめはパナマ運河でも見ないと感激しないだろうよ」

「あら、ずいぶん損ね、あたしたち」

「仕方がないさ。それだけ世界がせまくなって来たわけだ」

そろそろ発車の時間である。

「大阪駅には龍二兄さんが来てくれるからな」

矢牧が念を押すと、正三は大丈夫だよといわんばかりにうなずいた。

「それまで、動かずに待ってるんだよ。もし龍二兄さんが来られなくても、誰かきっと来てくれるからな」

「うん」

「向うで、ばかやろーとか、このやろーなんかいうなよ」

「うん」

「四郎とやるみたいに、だれかれなしに組みふせるんじゃないぞ」

「うん」

「西瓜を切る時に一番先に大きいのに手を出すなよ」

「うん」

この時発車のベルが鳴りひびいた。

と千枝がいった。

「行っていらっしゃい」

と千枝がいった。なつめは、いかにもうれしそうに笑った。

正三は笑って、

「では、皆さん、さよなら」

といった。

「さよならー」

と四郎がいった。なつめが四郎に向って手を振りながら、「ぼくちゃん、さよならー」

といった。ベルが鳴り終り、特急つばめは動き始めた。

汽車が東京駅を離れてしまうと、正三となつめは座席の背にもたれたまま、何となくぼかんとしていた。

子供二人だけで、よその大人と全く同じような具合にして旅行をするということが、どうもまだ二人にはぴったりしないのである。

つまり、自分たちはえびがにを取りに行ったり、キューピイで遊んでいる時の自分とは違うのであり、ちゃんと乗車券と特急券を二枚ずつ持った一人前の旅行客であるという誇らしい自覚が、まだ正三の心にもなつめの心にも生じていないのである。

もし、誰か大人がやって来て、

「おい、きみたちは、こんなところにいては、困るじゃないか」

というかも知れない。そうしたら、うまくいいわけが出来るだろうか。

「きみ、きみ。名前は何というんだね。お家はどこにあるんだ」

もしも、そんなふうにいわれた時、ちゃんと返事が出来るかしら。

「いえ、いえ。ご心配にはおよびません。ぼくたちは兄妹で、矢牧正三、矢牧なつめというものです。夏休みになったので、これから二人で大阪のお祖母さんの家へ行くところなんです。お父さんやお母さんは、一週間ほどたってから来ることになっているんです。ほれ、ここに、ちゃんと乗車券も特急券も持っています。さあ、どうかお引き取り下さい」

正三は、そんな文句をすらすらとしゃべれるだろうか。

いや、いや心配することはいらない。いざとなれば、何とでもいえるものだ。

これだけ、しっかりしているのに、

「子供が兄妹だけで特急つばめに乗ってはいかん。そういう法律があるのを知らんのか」

まさかそんなことをいって、二人を途中の駅で下してしまうようなことは、ないだろうな。そんなばかなことは、ないだろうな。

……そんな心配を、正三となつめがしていたとしても、それは無理のないことだ。

進行方向に向って、通路の両側に大人の頭が二つずつならんでいる。みんな大人の頭である。

この汽車の中に乗っているのは、全部大人なんだろうか。

さっき、フォームにならんでいた時には、なつめよりもまだ小さい女の子や、四郎くらいの大きさの男の子が、お父さんやお母さんの横にくっついているのを確かに見たのに、その子供らはどこかへ消えてしまったのか。

正三は、立ち上って、うしろの方を見てみた。

(不思議だなあ)

さっきまでならんでいた子供たちの姿が、どこにも見えない。

(もし、この中にいないとすれば、あれは見送りに来た人が連れていた子供かな。そうかも知れんな)

正三は、ひとりでそう考えた。

（それとも、大きなトランクの中に入れられて、網棚の上にでも乗っかってるのかな？）

漫画の冒険探偵小説で、正三はそんな場面があったのを思い出した。しかし、あれは悪漢のやることだ。

だいいち、こんなに暑いのにトランクの中へ入れられたりしたら、とてもたまらないだろうな。

父親の矢牧には、役にも立たぬことをあれこれと考えるくせがあるが、息子の正三も父に似ている。

そのうちに、なつめは自分のひざの上に置いていた白い、バスケットを小さくしたような手さげのふたをあけて、中から何か大事そうに取り出した。

その小さな手さげは、ひと月ほど前に買ってもらったものだ。サランという紙のようなもので細かく編んでつくったもので、ふたの上に、赤いのと青いのと黄色と、小さな貝がらが、花びらのようにくっついていて、その貝がらの境目には、グリーンの太い糸で鳥の足あとのような葉っぱが刺繍されている。

とても可愛らしい手さげだ。

それを買ってもらう時、千枝が「これはきれいだけど、小さすぎるから、ハンカチくらいしか入らないわ。もう少し、大きいのにしたらどう？」といった。

しかし、なつめは小さな貝がらが花びらのように飾りについている、この手さげが欲しくて、とうとう頼んで買ってもらったのだ。

その中に何を入れてあるかというと、ハンカチとほおずきが二個（これは三日ほど前に駅の近くの夜店で、自分のお小遣いの中から買ったものだ）、それから今、大事そうに取り出した青いハンカチにきちんと包んだものだ。

なつめは、それをひざの上にのせると、手さげのふたをちゃんとしめて、自分の坐っているすぐわきに置いた。

なつめはハンカチをゆっくりと開いてゆく。ずいぶん、ていねいにたたんである。中から出て来たのは、黄色い毛糸の小さな束だ。

なつめは、その毛糸の束を取り出すと、今度は青いハンカチをきちんとたたんで、手さげのふたの上に置いた。

そして、相かわらず黙ったままで、その黄色い毛糸の束をほどいて、両方の手をひろげ、指にかけてぴんと張った。

なつめが汽車の中でやろうと思って自分で用意して来たのは、この「あや取り」である。

両方の手にかけてひろげた毛糸を、思い思いに指にかけて、いろんなかたちをつくり出すあそびだ。

なつめの指が、馴れた手つきで、動いて、うまい具合に毛糸をひっかけてゆく。

正三は、この汽車の中にひょっとすると普通のお父さんのような顔をした悪漢が乗っていて、その男の大きなトランクの中に男の子が隠されているかも知れないということを考えた。そこでそっと立ち上って、昼寝をしている大人や雑誌を読んでいる大人を眺めてみたが、どの大人も怪しいと思えば怪しいと思える顔をしていた。

それに、男の子が入れるくらいの大きさのトランクは、ちょっと網棚の上に見当らないのである。

（そうすると、その悪漢は大手品師で、男の子に呪文をかけて、身体を小さくしてしまったのかも知れない。そして、トランクの中で男の子が泣きだしたりしないように、キャラメルだとかチューインガムを食べさせているのかも知れないぞ）

正三は、そんなことも考えた。

（何しろ、子供にはいつでもお八つが要るからな）

すると、正三は急におなかがすいていることに気がついた。今朝は、大へんあわてて支度をしたから、朝御飯はいっぱいしか食べていなかった。

おなかがすくわけが分った。

「なつめ」

そっと声をかけた。

「なに？」

なつめはあや取りの手を休めないで、そう答えた。

「おなか、すかないか?」

「おなか?」

「うん」

なつめは、指を動かすのをちょっと止めて、おなかがすいているか、どうか、考えてみるふうである。

「まだ、あんまりすいていない」

「そうか」

正三はがっかりしたようにいった。

「お兄ちゃん、おなかすいた?」

「すいた」

「おべんとう、たべる」

なつめが聞いた。

「まだ、早いかな?」

正三はちょっと気が引けるというふうにいった。

「お兄ちゃんが食べるんだったら、あたしも食べる」

「うん」

なつめにそういわれると、正三は「よし、食べよう」といいにくくなった。

正三は、兄である。妹を連れて大阪へ行く途中である。

まだ汽車が東京駅を離れていくらもたたないうちから、妹に向って弁当を食べる相談をするというのは、これはあまり感心な兄とはいえない。

「食べる？」

なつめがもう一度尋ねた時、正三は、

「もう少しがまんしよう」

といった。

そこでなつめは再びあや取りを続け、正三は窓のところに置いてあったお茶を取って、飲んだ。

汽車は横浜を過ぎた。

正三はなつめが繰返し繰返しやっているあや取りを、横から見ていた。

（なつめのやつ、いったい、何を考えているのかな？）

正三は、なつめの眼がちょっとびっくりした時のように見開かれたまま、自分の指の動きと毛糸の重なり具合に注がれているのを見ていた。

（こんな毛糸一本で、いつまでも遊んでいられるなんて、女の子って簡単なものだな）

正三はそう考えた。

「それは、何だい？」

「これはね、川」

なつめはやはり糸から眼を離さずにいった。

「ふーん。川か」

正三はそういった。そして、（あれが、川かね）と思った。

しばらくして、また正三が尋ねた。

「それは、何だい？」

「これはね、ひしがた」

「ふーん、ひしがたか」

「お兄ちゃん、教えて上げようか」

なつめは兄があや取りに興味を持ち始めたと思ったのだろう。

「いいよ」

正三はそういったが、見るのは止めなかった。

だんだんやり方が面倒になって来た。

なつめの指から一本の糸を引っかけたまま、もう一本の糸がつっと抜け出る。いまにももつれそうに見えて、それでもなつめの指は「これでいいのよ。ちっとも間違っていないのよ」というふうに、次々と糸をたぐってゆく。

時々、口で糸をくわえる。

「それは、何だい」

「これはね、つづみをやってるの」

正三は上から見たり、横からすかすように見たりしたが、どうしてこれがつづみになるのか見当がつかなかった。

「あ、しっぱい」

なつめはそういうと、糸をほどいて、もう一度最初のかたちに戻した。

……こうしている間にも汽車は真夏の日ざかりの中を、どんどん二人の郷里に向って走って行った。

# 第十四章　映画館

夜中に、きりぎりすが鳴いている。その声は、縁側のすぐ近くで聞えた。どうかすると、千枝の耳には、それが家の中から聞えるように思えた。

正三となつめがいない家の中に、その声が聞えている。

そして、蚊帳の中では、四郎がかけ出す時のような姿勢で、眠っているのだ。

その恰好は、正三となつめと三人で入りみだれて眠っている時とちっとも変りはないのに、そばにいつもの二人はいなくて、小さい四郎がひとりきりで寝ているのを見ると、いかにもさびしそうであった。

兄弟三人で寝る部屋に、大きな二人が抜けて、小さいのが残されたのである。そこで、気のせいか、かけ出す時のような四郎の姿勢が、ふんまんやる方ないが、しかし、腹をたてても仕方がないからこうして寝ているんだというふうにも見える。

いっしょにいる時は、あれだけ喧嘩をしているくせに、いなくなったとなったら、まるで手足を半分奪われたようになってしまうのだ。

「早く大阪へ行こうよ」

四郎が口にするのは、その催促ばかりだ。

タカ子ちゃんが遊びに来ても、なんとなくいつもの調子が出ないようである。

「ぼく、よる、ひーとーりでねてるんだよ。ほんとだよ」

そんなことを、タカ子ちゃんに話している。

千枝が買物に行って帰ってくると、犬小屋の横の日かげに自分のからだが入るくらいの穴を掘ってその中に横になって、長い舌を出してあえいでいるベルのそばに、四郎がうずくまって頭をなでてやっていることもある。

そんな四郎の様子を見ると、千枝は「やっぱり、子供は一人だとかわいそうだなあ。うちは三人いて、よかったなあ」と思うのだ。

今は、正三となつめが大阪へ行っているから、またすぐにいっしょになれるのだからそれでいい。もしも、これが突然何かの事故で、三人兄弟のうち二人まで死んでしまったのだとしたら、残された子供はどんなにさびしいことだろう。

世の中には、実際にそんな目に会う不幸な家族がいるのだ。

だれが一人欠けてもいけない、それが家族というものだ。千枝は、つくづくそう思うのであった。

正三となつめとは、あんまり喧嘩をしない。しかし、なつめと四郎と、四郎と正三とはよくやる。

「一日だけでいいから、一回も喧嘩せずにすましたら、ほうびにみんなに何か買って上げるわ」

千枝はよく子供たちにそういって約束するのだが、これまで一度も、ほうびを買わされたことはない。

正三となつめが大阪へ行った日から、矢牧の家は、まるで水の入っていないプールのようになった。

さびしく、ひっそりした家の中で、千枝は何だか張り合いがなくなったように、頼りない気持を抱きながら、四郎を相手に暮している。

ベルは、いつも夕方の散歩に連れて行ってくれる正三がいないので、味気ない顔をしている。

西瓜を食べた時には、あとで必ず皮のところに残ったまだ赤いところを切り取って持って来てくれるなつめもいないのだ。

大阪からは、二人が発った日の晩に、「ブジツイタ　アニ」という電報が来たきりで、正三もなつめも葉書を書くことなんか忘れて遊ぶのに夢中になっているらしい。

いとこのあけみちゃんやはるみちゃんといっしょに、早速、海水浴に連れて行ってもらっているのかも知れない。

二人の得意な顔が、千枝には眼に浮ぶようである。

買物に行く時、森の間の、そこだけは道の半分くらいが涼しい木かげになっている下を通りながら、千枝はユキ子ちゃんのところに、ユキ子ちゃんのお母さんにいった。

「ユキ子ちゃんのところに、葉書出したかしら?」

「いいや、来ないわ」

「呆れた子ね、なつめって」

「そんなものよ、子供って」

ユキ子ちゃんのお母さんは、面白そうに笑った。

「でも、葉書の所書きを書いてってていうから、あたし、あなたのところを書いてやったのよ」

「そう。それなら、そのうちに来るわ。だって、まだ行ってから三日か、四日にしかならないんだもの」

そういわれてみると、まだそんな日数しかたっていないことに千枝は気づくのである。

二人がいなくなってから、何だかもう大分日がたったような気がするのだけれど。

ユキ子ちゃんの家では、夏休みが始まってから、毎朝六時に起きて、家族全部で体操をやっている。

ユキ子ちゃんのお父さんは、学生時代に水泳の選手であったから、その時に準備運動でやった体操を今でも大体覚えているのだ。

それで、お父さんの号令で、その前にお母さんとユキ子ちゃんとタカ子ちゃんが一列にならんで、やるのだそうだ。

「いいわね」

千枝は本当に羨ましそうにいった。

「あたしのとこへ来て、みんなでいっしょにやらない?」

ユキ子ちゃんのお母さんは、そういってくれるのだが、だめなのだ。

矢牧の家でも、ユキ子ちゃんの家の話を聞いて、朝の体操をやろうとしたのだ。

そのために矢牧は一年以上もこわれたままになっていた目ざまし時計の代りに新しいのを買って来た。

それは夏休みの始め、正三となつめが大阪へ行く前のことだ。

「さあ、明日はみんな六時に目ざまし時計が鳴るから、起きて体操をやるのよ」

千枝は寝る前に子供たちに勇ましくいったのだ。

「お父さんも、お母さんも、みんなでやるのよ。ねむいなんていったら、承知しないよ」

ところで、あくる朝、矢牧の家族のうち、誰一人として眼ざまし時計の鳴る音を聞いた者はいなかったのである。

不思議なことだが、全く、誰の耳にも聞えずに、矢牧が気づいた時はもう七時になっていた。

目ざまし時計が悪かったのではなかった。それは、たしかに鳴ったのである。

そして、その目ざまし時計がそうおとなしいとも思われない音で鳴り続けたにも拘らず、五人の家族のうち、誰もその音によって眠りから覚めなかったというわけだ。

次の朝、もう一度試みた。そして、今度もベルの音に気がついた者は一人もいなかった。

一人くらい眼をさましそうなものだと、みんなそう思うのだが、事実は二日とも、目ざまし時計は役に立たなかったのだ。

矢牧も千枝も呆れてしまい、正三やなつめは変だ、変だというばかりで、結局、矢牧の家では、朝の体操は自然に止めになった。

この話を千枝から聞いた時、ユキ子ちゃんのお母さんはそれこそおなかがいたくなるくらい笑ったものだ。

もっとも、これは千枝の負け惜しみであるが、矢牧家の失敗の原因の一つは、せっかくこの体操をみんなで始めても、四、五日たてば、正三となつめが大阪へ行ってしまい、朝の体操のメンバーが半分に減ってしまうということが、知らず知らずのうちに、みんなの心に働いていたのだと考えるのである。

矢牧にしても、千枝にしても、「何事かをやる以上は、徹底的にやるべし」という考え方の人間である。だから、夏休みに朝の体操をやるなら、第一日から最後の日まで、態勢を少しも崩さずにやりたい。

やったり、やらなかったりでは、まるきりやらない方がいい。なまじ、やらなかった時に良心に咎めを感じるくらいなら、全くその気なしに、半時間でも心安らかに睡眠を全うさせた方がいいと思うのである。

そういう考え方から、矢牧の家では、夏休み中、朝の体操は絶対にしないということに方針を決めたのだ。

ユキ子ちゃんのお母さんは、しきりに扇風機に当りに来いといってすすめる。

扇風機は、今や村田家の宝である。五月ごろから千枝はユキ子ちゃんのお母さんから聞かされていた。

今年のボーナスで、扇風機を買うんだと。

それを聞いて、千枝は反対した。

「扇風機なんて、どうしてそんなものを買うの。あなたの家だって、あたしの家だって、まわりは畑だから、遠くの森から吹き渡って来る風が、家の中を通りぬけて行くじゃないの。こんな、自然のいい風があたるのに、どうして扇風機なんか買おうという気になるの。そんなもの買うくらいなら、もっとほかにいいものがありそうだわ」

ところが、いくら千枝が口を酸っぱくして扇風機なんかよしなさいといっても、ユキ子ちゃんのお母さんは頑としてきかなかった。

村田さんの会社でボーナスが出たのは、みんなよりも遅く、七月に入って十日ほどたってからであった。

そして、ボーナスは今年は大変悪くて、扇風機を一つ買ってしまうと、あとは子供の服やら何やら買ったら、結局残らなかったのだ。

千枝はどうしてユキ子ちゃんのお母さんが扇風機をそんなに欲しがるのか、その気持が分らなくて、本当に変った人だと思っていた。

ところが、この頃になって、だんだんその扇風機が羨ましくなって来た。何しろ、日照り続きで、全く身の置きどころのないようなこの暑さには、森から吹き渡って来る自然の風も、どこへやら消えてしまい、縁側に吊されたすだれは、ただ暑苦しく垂れ下っているばかりであった。

そうなると、ユキ子ちゃんのお母さんが一日中、扇風機をかけっ放しで、そのそばで昼寝をしたり、アイロンかけをしたりしているのが、千枝にはとても羨ましく見えて来る。

そこで、買物の帰りなど、つい足は村田さんの家へ向い、ユキ子ちゃんのお母さんと二人で、まともに扇風機の風を顔に受けながら、冷たい麦茶を御馳走になって、おしゃべりするようになる。

しかし、今ごろになって夫に扇風機を買ってほしいと頼むわけにもいかず、千枝は我慢しているのであった。

ある日の午後、千枝は映画でも見れば暑さも少しはまぎれるだろうと思い、四郎を連れて、電車に乗り、場末の映画館へ出かけた。

四郎は、正三となつめが大阪へ行って以来、喧嘩相手も遊び相手もなくて、しきりにぶつぶついっていたところなので、千枝といっしょの外出を大変よろこんだ。

千枝が四郎を連れてやって来たのは、ターミナルにある映画館だ。

それは、繁華街から少し離れたところにぽつんとたっている。ユキ子ちゃんのお母さんがよく来るところである。

ユキ子ちゃんのお母さんは、子供二人に留守番をさせておいて、自分はここへ来て二本立の映画を見物して、そのあとでにぎりずしを食べて帰宅する。

ところで、映画を見に行くのにどのくらい時間がかかるかというと、家を出てから帰って来るまで、まず六時間見ておかねばならない。

途中であちこち寄って買物をするので、行き帰りにざっと二時間かかる。それから映画は二本立で四時間。

ユキ子ちゃんのお母さんは、気楽な人で、「ああ、映画見たいな」と思ったら、思い立った時に行くのである。だから、朝の十時ごろに行くと帰りは四時ごろで、丁度いいのだが、お昼を過ぎてからでも、行きたくなったら行ってしまうのだ。

ある時、午後の三時過ぎになって、急に思い立って出かけたら、家へ帰って来たのは九時半ごろで、とっくの昔に帰っていた主人からひどく叱られた。

それでいくらかこりたので、それから後はそんなに遅く帰ることのないように気をつけているが、それでもときどき、映画へ行って急いで帰って来たら、一足遅れて主人が戸を開けるというふうな、間一髪の時もある。

ユキ子ちゃんのお母さんは、出かける前に夕食のお菜をつくっておき、お米だけといで火鉢の練炭の上にかけ、「ふき出したら外しなさい」といって、それから出かけるのだ。

ユキ子ちゃんはなつめと同じ小学二年生だが、すっかり馴れている。お母さんが映画に行くからといって、「あたしも連れて行って」とねだったりはしない。

御飯が焚けたら、食卓の用意をして、妹のタカ子ちゃんと二人で、平気で晩御飯を食べる。お母さんが帰るのが遅いと思えば、勝手に雨戸をしめて、帰りを待っている。

ユキ子ちゃんの性質にもよるのだけれど、やはりそれは訓練のおかげだ。ユキ子ちゃんは、こう思っているのだ。

「お母さんというものは、よく映画を見に行きたくなり、その時は留守番は子供にさせて、遅くなる時は夕御飯を子供だけ先に食べさせておくものだ」と。

千枝は、ユキ子ちゃんのお母さんの真似はとてもできない。しかし、ユキ子ちゃんのお母さんのやり方を非難する気持にもなれない。

生活をそんなふうにてきぱきと能率的に割り切って、なまじっか「子供が可哀そう」というふうな考えにわずらわされずに事を運ぶところは、むしろ見習うべきだと思うくらいである。

ユキ子ちゃんのお母さんが子供に留守番をさせて映画を見に行くから、そのためにユキ子ちゃんとタカ子ちゃんが変なふうになってしまうということは、全くない。

ユキ子ちゃんは、お母さんのことをちっとも怨んでなんかいないし、ひがんでもいない。なんだかわけの分らない映画を長い時間見せられるより、家にいて自分の好きなことをして遊んでいる方がずっといいと思っているのだ。

なつめが、ある時、ユキ子ちゃんの家で、お母さんが映画へ行った留守に、タカ子ちゃんと二人で勝手に戸棚からパンを出して来て、いかにも物なれた手つきでジャムを塗って食べているのを見て、大変羨ましく思い、自分もあんなふうにしてみたいと千枝にいったことがある。

なつめの場合は、お八つはいつもお母さんから、すぐに食べられるようにして紙に包んでおいてもらうか、お皿にのせておいてもらうかである。

ユキ子ちゃんがまるで大人のように、戸棚からパンを出して来て、好きなふうにジャムを塗って食べていたのを見て、自分もこれからお母さんの留守の時は、あんなふうにひとりで好きなように食べさせてほしいと思ったわけである。

ところが、なつめの希望通りにやらせてみたら、一度でだめであった。というのは、なつめはこれまで長い間、食べる物はお母さんの手でちゃんとしてもらうことに決まっていたので、いざユキ子ちゃんのところのように、自分一人でするように放り出されて見ると、なんだかとてもさびしい気持がしたらしい。

だから、ユキ子ちゃんの家は、ユキ子ちゃんのお母さんのやり方。なつめの家は、なつめのお母さんのやり方。めいめい、その家の性格に応じたやり方で各々うまく行っているわけなので、一方がすぐに一方のやり方を真似るというわけには行かないものである。

千枝は映画が大好きだけれども、ユキ子ちゃんのお母さんのように、いつでも行きたくなった時に行くということは、真似ができない。

それで、ついつい見たいと思っていた映画も、見損なってしまうのだ。四郎を連れてこのターミナルの映画館へやって来たのも、ずっと前に見損なったミュージカルを見たかったからだ。それはテクニカラーの映画だが、この小屋へ来るまでにフィルムが大分いたんで、色がうすれてしまっている。

最初は山や木の色なんか、もっと美しかったのだろうと千枝は思いながら、人里から遠く離れた山奥に木を切りながら、仲良く、そしてさびしく暮している男ばかり七人の兄弟の、童話めいてのんびりとした味わいの物語を見ていた。

場末の映画館なので、むろん冷房なんかしていない。

それでも、客は八分通りの入りである。そして、千枝のように子供を連れて見に来ている女の人がたくさんいる。

一人で子供を三人も四人も連れて来て、座席にずらりとならび、ときどきあの子を叱ったり、この子をおしっこに連れて行ったり、ずいぶん忙しいお母さんもいる。

買物に来たついでに、この映画を見て帰ろうというふうな、そんな奥さんも多いのだ。時間をうまく見はからって、二本立の全部を見るというわけには行かないけれども、
下駄ばきで、買物籠をひざの上にのせて、連れている子供にはアイスクリームを買ってやったりして、見ているのである。

そのような気楽な雰囲気が、この映画館にある。千枝はそれが好きだ。

都心の、廊下にきれいな絨毯をしいてあるような劇場で、冷房のよくきいた中で、子供なんか連れずに映画を見ることができたら、それはどれだけ気持がいいかも知れない。

何も好きで、場末の小屋に子供を連れて来るわけではないのだ。

正三やなつめなら、大人の映画でも、もうある程度まで理解するし、自分には面白くないところでも我慢して見ているが、四郎だけはそうは行かない。

チューインガムをやったり、キャラメルをやったりして、なんとかごまかして時間を持

たせようと努力するのだが、椅子から降りたり、前の席の人の肩に頭をぶつけたり、キャラメルの箱を落したといって足もとを這いまわる。

そのくらいならまだいいのだが、食べる物も無くなり、ねだっても買ってくれなくなると、「かえろー、かえろー」といい出し、千枝が耳もとに口をつけて、「もう少しだからおとなしくしていなさい」といい聞かせると、ほんのしばらくは黙っている。

そこで、これはいいぞと思って見ていると、肝腎のところに来て、今度は千枝の耳もとに口を近づけて、「おかあちゃん、おしっこ」と囁くようにいうのだ。

その時くらい情ない気持のすることはない。それでも、こればかりは仕方がないから、隣りに坐っている人に一人一人頭を下げて、「どうもすみません」とあやまりながら、四郎を連れ出して、大急ぎで便所へ行くのだ。

そんなに苦心して連れて行ってみると、四郎は全く、あるかなきかのおしっこをして、「もういい」という。

そのくらいだったら、もう少し我慢してくれればいいのにと、千枝は腹が立つけれど、映画の方が気になるので、怒るひまさえなく、子供の手を引っ張って、さっきの通り、もう一度、隣りの人たちにいちいちあやまって、やっと自分の席に戻るのだ。

「親の心、子知らず」という言葉がある。

これは、小さい子を連れて映画館に入った母親のためにあるのではないかと思われるような言葉だ。千枝は、本当にそう考える。

家で遊ばせておいたら、二時間でも三時間でもおしっこなんかしないで、平気で遊んでいる四郎だのに、映画へ連れて出た時は、入る前にちゃんとさせてあるのに、必ずおしっこに行くのだ。

それも一回なら我慢もするが、大ていは二回くらい行くのである。それも、不思議にどうでもいいような時にはいい出さずに、いよいよ面白くなって来て、千枝が画面に思わず見入っている時に、そーっと顔をよせて来て、小さい声で、「おかあちゃん」といい出すのだ。

そのささやきは、千枝には悪魔の声のように聞える。

しかし、辛いのは千枝だけではない。小さな子供を連れて映画を見ようという母親は、まずこうした憂き目に会うことを覚悟しなくてはならないのである。

前に一度、この映画館で、千枝の前の席に坐っているお母さんが男の子を一人連れて来ていた。

そのお母さんは千枝よりもだいぶ年上の人なのだが、つつましい人妻が旅先で出会った青年に心をひかれて行くすがたを描いたヨーロッパの映画に見入っていた。主人公の女性は、さまざまに思い悩み、その心の中の争いにはお構いなしに青年がいちずに追うという、はなはだ緊迫した場面に来た時、突然、その男の子がまわりに聞えるくらいの大きな声で、母親にいったのだ。

「お母ちゃん、まだインディアン、出て来ないの？」

お母さんは大あわてで、その子の耳に口をつけて叱りとばした。

「しーっ。もうすぐ出て来るから、待っていなさい」

千枝は、思わずふき出してしまった。

きっと、この母親はインディアンが出て来る大活劇だといって子供をごまかして、この映画を見に来たのだ。

そして、なんとかうまくいいつくろって、彼女自身には大変興味のある、この悲しい恋愛映画を見てしまおうと思ったのだろう。

ところが、男の子の方では、我慢しておとなしく見ていたが、どうも一向にインディアンの出て来そうな気配が見えない。

いや、インディアンはおろか、馬一頭出て来ないのである。そこで、とうとうたまりかねて、横にいる母親にたずねたのである。

ただ少しばかり声が大きかったので、まわりにいる人たちは、千枝と同じようについ笑ってしまったのだ。

四郎は、その日は、わりにおとなしく見ていた。

映画が、部分的には、このくらいの子供にも面白く感じられるようなものであったせいだろう。

山から降りて来た七人の兄弟が、町に住んでいる若者たちと競争して、力だめしをするところなど、四郎は身動きもしないで見入っていた。

ちょうど子供のシーソーのようなことをやって、板の上に飛び乗った二人の男が、相手を負かそうとして勇ましく飛び上るのだ。それが、音楽に合わせた踊りになっていて、普通の音楽劇に出て来るショウの場面なんかとまるで違った、新しい面白味を出しているのであった。

人里はなれた山奥で、荒っぽい労働をやって一年中暮している男の兄弟の荒っぽいが無邪気な感じや、強いがわびしい感じが、そんなふうな場面だとか、山の中で、ゆっくりした歌をうたいながら働いている場面に、うまく出ていた。

千枝は、その映画をつくった人が、普通ならミュージカルにはならないような山の暮しを持って来た、そのねらいのよさに感心した。

男ばかりで暮しているうちに、主婦というものがどうしても必要になって来る。その感じも、実際の生活というものに根ざしているので、単なる思いつきではなくて、切実なものだということが分るのだ。

（ほんとうだわ。主婦というものがいなかったら、家の中はまるで動きが取れなくなってしまうんだもの）

いつかヴァイオリンをききに行った時、留守に御飯を焦がしてしまった夫となつめのことを千枝は思い出した。

矢牧なんかは、お茶の罐がどこにあるかということさえ、未だに知らないのだ。

七人の山男の映画は、男はいかに腕力があり、働き手であっても、家のことを見る妻がいなければ、全くだめなものであるということを教えるための映画だと、千枝は自分ひとりで決めこんで見ていた。

すると、真中を過ぎるころまで熱心に見ていた四郎が、とうとう退屈したのか、「何かほしい」といい出した。

その日は買っている間がなかったので、何も食べるものを与えていなかったのである。

「これが終ったら、買って上げます」

千枝はそういって押えようとしたが、四郎はなかなかうんといわない。

それで、ちょうど中頃の一番端の席に坐っていたので、千枝は十円玉を出して四郎に渡し、

「これでキャラメル買っていらっしゃい」

といった。

これまでに千枝は一度もそんなことをしたことは無かったのだが、小屋の中が混んでもいないので、つい不精をして四郎に買いに行かせたのだ。

四郎がお金を持って出て行ったあと、千枝は画面を見ながらも、帰って来るまでは気持が落ちつかなかった。

お菓子を買いにやらせたことはないが、近所の農家で鶏をたくさん飼っている家へ、卵を買いにやらせたことが一度だけある。

この役は、いつもなつめがしてくれるのだが、その時はユキ子ちゃんの家へ遊びに行っていた。そこで、千枝は「たまごを百め、かってきてちょうだい」と紙きれに書いて、百円札を一枚、いっしょに買物籠の中に入れたのを、四郎に渡したのである。

「ぼくちゃん、これを持ってね、ユキ子ちゃんの家へ行って、なつめに渡すのよ。たまごを買って来てちょうだいってね。分ったね?」

四郎は、何もいわずにうなずいて、いきなり、その買物籠をもって外へとび出して行った。

ところが、もうユキ子ちゃんの家へ行き着いたと思う時分、「おかあちゃん」と呼んで帰って来た。

どうしたのかと思うと、買物籠の底に入っている百円札が籠のあみの目から落ちそうだといって、それが心配で途中から引き返して来たのだ。

「大丈夫よ。ぜったいに落ちないから。心配しないで、行っていらっしゃい」

千枝にそういわれて、「ふん」というと、またかけ出して行った。

今度は無事になつめの手に買物籠を渡しただろうと思っていると、「おかあちゃん」といって、また戻って来た。手には、まだ籠をさげている。

「どうしたの？」

と聞くと、四郎は指につまんでいたものを千枝に見せた。

それは、小さな天道虫であった。四郎は畑の中の道を歩いているこのかわいい虫を見つけ、それをつかまえて千枝に見せに帰って来たのだ。

三度目は、ずいぶん時間がかかるなと思っていたら、なつめといっしょに帰って来た。なつめがいうには、ユキ子ちゃんの家の前で、道の上に蠟石で絵をかいて遊んでいると、向うから四郎が籠をさげてそろりそろりと歩いて来る。どうしたのかと思ってみると、その籠の中に新聞紙に包んだ卵が入っていて、自分は片方の手にお釣りの十円札をにぎりしめているのであった。

四郎は、なつめに渡さずに、ひとりで卵を買って来たのである。それには、なつめも千枝もびっくりしてしまった。

そんなこともあるくらいだから、売店でキャラメルを買って来るのは、四郎にはたやすいことと思われるのに、なかなか戻って来なかった。

千枝は、ひょっとすると、廊下の涼しいところで、買ったキャラメルを楽しみながら食べているのだろうと思った。

四郎という子は、自分の好きな果物やお菓子を食べる時は、ひとりで皆から離れたところへ行って、絵本を持って来て見ながら、楽しんでゆっくり食べる習慣がある。

それにしても気がかりなので、千枝は席を立って見に行った。すると、表の売店のところにいない。

あわてて、両側の廊下を探してみたが、そこにも四郎の姿は見えない。千枝は胸がどきんとした。すぐに便所を見に行った。

「ぼくー」

声を出して呼んでみたが、いなかった。

千枝はもう一度、売店のところへ引き返して、売っている女の人にたずねてみた。すると、そんな男の子は買いに来なかったという返事だ。

(どうしたんだろう? ここにキャラメルを売っていることに気がつかなかったのかしら)

ここへ買いに来なかったとすれば、お菓子屋さんは外にあるものだと思って、外へ出て行ったのかも知れない。

千枝は、入口の女の子に断わって、大急ぎで外へ飛び出した。あたりを見まわしてみたが、四郎らしい姿は見えない。

午後の強い日ざしが、まぶしく街路に照りつけている。

（どこにお菓子屋があるのだろうか？）

千枝はちょっとためらったが、やみくもに映画館の左側へ向ってかけ出した。

（無い。どうしたんだろう？　どうしてこんなところにお菓子屋が一軒も無いのだろう？）

千枝はあわてて引き返した。全身から汗がふき出して来た。

眼の前をタクシーが物すごいスピードで走って行く。それを見ると、千枝は血が凍るかと思った。

（しまった！）

走って行く千枝を驚いて見る人がいる。千枝の耳には、自動車が急ブレーキをかけた時の、あの鋭い、不吉な音が聞えた。

それは、空耳であった。人々は普通に歩いており、車は走っており、そして街はもとのままであった。

今度は反対側の通りを探して見た。そこに一軒お菓子屋を見つけたが、四郎が来たかどうかを、店の人から聞き出すことはできなかった。

映画館の前まで戻って来た時、次の映画の始まりを知らせるベルが鳴っていた。千枝はふらふらと中へ入って行った。自分の席のそばまで来ると、暗い中から「おかあちゃん」という声が聞えた。キャラメルの箱を持った四郎が、もとの席にちゃんと坐っていた。

そして、漫画の始まりの音楽が千枝の耳にとび込んだ。

# 第十五章　花火

いつも静かなお祖母さんの家は、東京から矢牧の家族を迎えて、大賑やかである。あとから来た四郎は、家の中に変な東京弁をまきちらしながら、走りまわっている。そして、先に来た正三となつめの方は、すっかりもとの関西弁に戻ってしまっていた。

矢牧たちは、最初の予定より三日ほど遅れて大阪へやって来たのだ。その十日ばかりの間に、子供たちの間では自然に生活の日課のようなものが出来上っていた。

着いた翌朝、矢牧が十時ごろに起きて来ると、子供たちは洋間に集まって、宿題をやっていた。

向い合せになった机にいとこのあけみちゃんとはるみちゃんが坐り、その横に小さなテーブルを寄せてなつめが坐っていた。

正三は少し離れたところにある机にみんなの方を向いて坐り、小さい者がやかましくなると、

「おーい、静かにしろ」

とどなっているのだ。

同じ学年の者は誰もいなくて、四年生の正三をかしらに、三年生のあけみ、二年生のなつめ、一年生のはるみと、うまい具合に順序がついていた。

四郎だけが、勉強の仲間に入れてもらえず、みんなのまわりをうろうろして、クレオンを取って逃げたり、あけみちゃんに貰った笛を吹き鳴らしては、

「だめよ、ぼくちゃん」

「やかましくて勉強できないじゃないの」

と、みんなから文句をいわれている。

壁には、あけみちゃんの「夏休みの時間表」と、「わたしの生活表」と「お天気しらべ」の三つの紙がはってあった。

あけみちゃんの時間割は、いくつもの時計がかいてあって、おきるじかん、べんきょう、ひるね、おてつだい、あそび、ねるじかんとあり、それぞれの時計に自分で針を書きこむようになっている。

生活表には、はやおき、ふとんのしまつ、あさのあいさつというふうに書いてあって、

一番下には、「毎日つづけてしようと思うこと」という欄がついている。

この時計の絵のついた時間割の紙と、こまかく日割にされた生活表の紙とは、壁の上に頑張っていて、毎日あけみちゃんのすることを見ているわけだ。

ところが、生活表の方は、最初の三日間だけ書きこまれていて、あとは全く広々としている。そこには、いびつなまるも、やけくそのペケもない。

すがすがしい白紙だ。

あけみちゃんには、学校からもらって来たこの二枚の紙は、おどかしの役に立たなかったわけである。

あけみちゃんとはるみちゃんは、同じ小学校に通っている。

それで、矢牧は一年生のはるみちゃんに尋ねてみた。

「はるみちゃんは、生活表をつけなくてもいいの？」

すると、はるみちゃんはあっさりこう答えた。

「ううん。もらったけど、つけるのがめんどくさいから、はってないの」

はるみちゃんの方が、徹底している。矢牧は、それを聞いて感心した。

東京の家には、正三となつめの生活表が、つける人なしに空白をひろげているわけだ。

日本中に、こんなふうな書きかけて止めてしまった生活表が、どのくらいたくさんあることだろう。矢牧は、ふとそんなことを想像してみる。

そして、それらの生活表は、多分夏休みの最後の日に、大あわてで、まるやらペケやら、どっとばかり書きこまれるのだ。

ところで、あけみちゃんは、「お天気しらべ」の紙だけは、感心にずっと記入している。お天気の日は赤いクレオンでかいた太陽、雨ふりの日は青く塗ったこうもり傘。なんという暑い夏休みなんだろう！　あけみちゃんの「お天気しらべ」の紙には、青いこうもり傘が二つあるきりで、あとは全部、破裂したような、真っ赤な太陽がならんでいる。矢牧が来た日も、その次の日も、暑かった。庭の南京はぜの木にとまった蟬が、一日中鳴いていた。

矢牧は、自分が生れて大きくなった、この家に帰って来ると、なんともいえない心の落ちつきを感じた。

そして、裸のままで家の中を歩きまわったり、庭に立って古い家のたたずまいを眺めたりした。

むかし庭に涼しい木かげをつくっていたプラタナスの木は、一本も残っていなかった。今では、庭のどこにも、そのあとを見つけることができない。そして、この庭にプラタナスが立っていたことさえ、子供たちは知らないのだ。

毎年夏が来ると、若い葉っぱをふき出すように茂らせたあのプラタナスは、いったい何時の間にこの家から姿を消してしまったのだろう。

矢牧は、それをはっきり思い出すことができなかった。ただ、あの大きな戦争の間に、みんなが戦争と家族の運命に心を奪われている間に、プラタナスは、それぞれ、気づかれずにその生命を終えたのだ。

そして、その古い幹は、永く雨露にさらされた後に、のこぎりでひかれて、風呂のたきぎになってしまった。

子供の時から庭のプラタナスを見て来た矢牧には、この木が老い、朽ちることは想像できなかったのである。

秋のよく晴れた日に、いつも同じ植木屋が来て、枝を刈りこんだ。子供ごころにも、「あんなに深く刈りこんで、大丈夫だろうか」と心配に思うくらいであった。

冬の間、太い幹と空に突き出したごつごつした大枝だけが、無言のままで庭に立っていた。

それが、夏になると、あの枯れたような幹のどこにこんな若々しい力がかくれていたのかと疑うほど、みずみずしい葉っぱが勢いよくとび出して来るのであった。

そして、みるみるうちに、庭いっぱいにプラタナスの葉の茂みができ上るのだ。

その葉っぱには、白い粉がいっぱい吹いていて、それがまるでこの木の活気のしるしのように思えた。

毎年そのような樹木の生命力の不思議なさまを見て大きくなった矢牧は、この木はいつまでたってもこんなふうに若い葉を茂らせる力を失わないと、知らず知らずに思いこんでいたのかも知れない。

初めてくもの巣にかかったとんぼを見つけたのが、この辺にあった木の下で、夏の終りの大風の日にその大枝の上に登って「嵐だあ！」と叫んだのは、このあたりにあった一番太い木であったと、矢牧はやっとその位置をさぐるのだ。

それらのなつかしいプラタナスの木は、それを植えた矢牧の父とともに、この家から姿を消してしまった。

そして、いま家の中を声を上げて走りまわっているのは、戦争が終ったあとで生れて来た子供たちだ。

矢牧は、なくなった昔と、この小さい子らとのちょうど真中に立っているのだ。

おぼつかない足取りで、家の中をそろそろ歩く矢牧の母は、まわりで騒ぐ子供らを微笑しながら見守っている。

この母は、プラタナスや父よりも長く生きて来た人だ。矢牧は、自分が育って来たこの古い家の中で、なくなった昔と、新しい生命をながめる。

すると、矢牧の心にはかすかな悲しみが生ずる。それは、いったい何の悲しみだろう？

生命というものは、いつでもプラタナスの葉っぱのようにさかんで、そして絶えず古いものから新しいものへと交替が行われているのだ。

生命は汲んでも汲んでも尽きることのない井戸水のようなものだと思っている矢牧も、わが家の中で、この交替がしずかに今も行われていることに気づかないわけにはゆかない。矢牧や兄の時代は、やがてこの子供たちに場所をゆずって後の方に退くのだ。

矢牧は父が晩年に寝室にしていた離れに寝泊りした。

その部屋には、父がウイスキイをしまいこんでいた洋服箪笥や整理棚があった。そこにあるものは、父が生きていた時のままのかたちで残されていた。

だから、父が使っていた筆立てやら、ペーパーナイフやら、戦後にビニールの表紙のアメリカのポケット叢書で父が見つけ出し、ひいきにしていたデエモン・ラニヨンの短篇集が二冊置いてあったりした。

どういうわけか、化粧石けんなんかもあるのであった。ボーイ・スカウトから贈られたメダルもあった。

そのような品物には、みな父の思い出が残っている。

そして、矢牧はいそがし気にこの部屋から出て来る時の父の歩きぶりを真似ることもできるのであった。

矢牧が東京から帰って来る度に、古くからの父の知人は彼を見て、ますます父に似て来たといった。顔や身体つきばかりでなく、声も物のいい方も、人と話す時に、自分では気がつかずに、掌で顔の表面をひとまわりこするくせまで父にそっくりだというのである。

そういわれると、矢牧は何かこそばゆい気持になった。

もしも父が生きていて、自分とそっくり同じになって来た息子を見れば、いったいどんな気持がするだろう。

やっぱり、こそばゆい気がするだろうか。それとも、憎らしいような気がするだろうか。

父が死んで、この世にいないからこそ、父を覚えている人は、父の姿や声音をその息子に発見して、「ああ、そっくりになって来た」と思うのだろう。

矢牧は、そう思うのであった。

父が使っていた品物や読みかけていたらしい本を、矢牧は静かな、親しみのある気持で眺めた。

それを手にしていた人間だけがいなくなってしまって、物だけが同じすがたで、さり気なしに残っている。それを矢牧は好ましく思って見ているのであった。

そんな中に、むかしロンドンでみやげに買って来た、巡査が持って歩く短い棍棒があった。

それは、何の木を使ってあるのだろうか、多分樫か何かの固い木だろう。焦茶色で、美しい光沢があった。

手に持った加減がちょうど快い重さで、こんな気持のいい棍棒なら、ロンドンの巡査も愉快に街を歩くことができるだろうと思われるくらいだ。

にぎる部分にこまかい溝がほってあり、革の紐でしばってあって、手にぶら下げられるようになっていた。

これは誰の土産ということなしに、父が気に入って買って来たものなのだ。

ほとんど三十年も昔のことだ、学校の校長であった矢牧の父が、生徒たちが手に持った紙の旗に送られてヨーロッパに向って旅立ったのは。

それは、矢牧が幼稚園の生徒であった時のことだ。そして、父が矢牧にくれたおみやげは、ドイツの大きな漫画の本であった。

その色つきの漫画の本は、お母さんからお菓子をもらって外へ出た小さな子供が、何匹ものあひるにそのお菓子を取られた上に、むりやりに河の中へ引きずりこまれるというふうな、ちっとも滑稽なことはなく、ただもう意地悪く、残酷な話が多かった。

その本にあった漫画を、矢牧はいつも思い出すことができるし、その中の人物の表情や風景も眼の前に描くことができる。それほど、痛烈なものであったのだ。

その大きな漫画の本は、どうしたのか、家に残っていない。そして、この光沢の美しいロンドンの巡査の棍棒だけが、三十年近い年月の後に、今もなくならずに家に残っているのであった。

矢牧は覚えている。この棍棒が、ずっと父の洋服箪笥の上から二番目の棚に置いてあったことを。

子供の矢牧は、それを手に取って、自分の頭をこつんと叩いてみて、その固さに驚いた。そして、その棍棒に対して、一種の神秘的な畏敬の念を抱いていたのだ。

多分、父は愛玩とマスコットの両方のつもりで、これを買ったのだろう。

矢牧は、一度だけ、父の洋服箪笥からこの棒を持ち出したことがある。

それは中学校の卒業式の日であった。

矢牧は、あることから同じ学年の一人の生徒と屋上で殴り合いをやった。その時は矢牧の方が勝った。

すると、その翌日、相手の生徒のグループの者から呼出しを受けて、矢牧は屋上へ行った。そこには柔道部の黒帯の連中をまじえて二十人くらいの者が、彼を待ち構えていた。

この時、矢牧は当然ふくろ叩きに会うことを覚悟したが、どういうわけか一発もやられずに済んだ。

屋上に集まった相手方は、矢牧が殴った生徒にあやまれというのである。ところが、矢牧はあやまる必要はないといった。

そこで押し問答になったが、矢牧はどうしてもあやまらなかった。不思議なもので、きっかけがないと、大勢の人間で一人を取り囲んでも簡単に殴るということはできないものだ。

多分、あまりに大勢であったために、かえって矢牧をやっつけるのがなんとなくやり難いような空気になったのであろう。

矢牧をやっつけそこなった連中は、「覚えてろ。そのうちにのばしてやるからな」と、矢牧のいないところでしゃべっていた。

それを矢牧に知らせてくれる者がいた。矢牧は、そのままで済む筈がないと思っていたが、実際にそういう話を聞かされると、これは大変なことになったと思った。

それが卒業式の一と月くらい前のことであった。そして、相手は卒業式の前に事件を起したら、自分の身が危うくなるので、矢牧を攻撃するのは卒業式の直後を狙うことが想像された。

彼らは矢牧と顔を合わせると、そっぽを向くか、何やら意味あり気な眼で見た。

矢牧は、学校の中で、自分が今や全く孤立してしまったことを感じた。みんなは目の前に迫った上級学校の入学試験に夢中になっていた。

誰も矢牧が窮地に陥っていることに気づかなかった。また、かりにそれに気づいていた者がいたにせよ、かかわりを持つことを好まなかったのだ。

矢牧自身、大事な時に喧嘩のことで心をわずらわすのは、まことに馬鹿げていた。

しかし、この衝突は避けられそうになかった。矢牧は憂鬱な、重苦しい気持と、反対に次第につのって来る殺気を身うちに感じながら、その日が来るのを待った。

矢牧は腕力が劣っているとは思わないが、喧嘩には自信がなかった。彼が喧嘩らしい喧嘩をしたのは、この事件の発端になった屋上のなぐり合いが一回だけの経験であった。だから、喧嘩というものは、どういうふうにやるのかということを知らなかった。矢牧は、喧嘩の経験を一度よりは二度、二度より三度と重ねるに従って、度胸もでき、強くなって行くことを知っていたが、自分はそういうふうにして喧嘩がうまくなる機会に出会わなかった。

矢牧は、あの時、屋上で自分を取り囲んだ者が、自分をふくろ叩きにするつもりなら、いかにしてもこれに打ち勝つことは出来ないし、逃げることもできないと思った。

しかし、卒業式の日に学校を休むことは、彼の心が許さなかった。

この時である、矢牧が父の洋服箪笥の中にある、美しい光沢を持った棍棒を思い浮べたのは。

「よし、あれで行こう」

固さはよし、長さはよし、大勢の敵を相手に戦うのには、もってこいの武器だ。

矢牧は決心した。あれを振りまわして戦おう。あの美しい棍棒は、神秘的な力を発揮して、きっと自分を守ってくれるだろうと。

卒業式の朝、父の洋服箪笥からそっと棍棒を持ち出した矢牧は、上着の下にそれを隠して、学校へ行った。

式が終って、そのあとで食堂で簡単な謝恩会があった。矢牧はいよいよやる時が来たという思いで、身うちに力があふれて来るのを感じた。

謝恩会は終った。名残りを惜しむ間もなしに、大部分の生徒はあわただしく学校を去って行った。

矢牧は、運動場に立っていた。帰りを急がない生徒たちもいた。彼らはかたまって、大きな声を立てて笑ったり、飛び上って何かわめいたりしていた。

先生を呼んで来ていっしょに写真をとっている者もいた。ボールを持ち出して来て、大きく空に蹴り上げている者もいた。

矢牧はひとりで待っていた、彼らの方から呼びに来るのを。

ところが、いくら待っても、誰もやって来なかった。どうしたのだろう？　彼らは忘れてしまったのだろうか。

それとも、止めにしたのだろうか。

矢牧が上着の下に隠して、腕で押えるようにしていた棍棒は、一回も取り出されずに済んだのだ。

気抜けがしたような、重苦しいものが不意に消えて無くなったような、変な気持で矢牧は家へ帰った。

そのことは家族の誰にもいわず、彼が持ち出したものはもとの洋服簞笥に戻された。

その後、矢牧は時々、夢想することがあった。自分が二十人くらいの敵のただ中にあって、あの棍棒を振りかざして、まことに目ざましい奮闘をしている情景を。

……矢牧は、その時の自分を思い出して、不思議な気持になった。

あの時、相手が自分を呼びに来なかったことが、惜しいような気がする。そのために、自分はまたとない経験をせずに少年時代を終ったと思うのである。

危いところを助かったのか、それとも大きな経験を逃したのか。そのどちらであるか、矢牧には分らない。

もしも戦っておれば、矢牧は人をも傷つけ、自分も傷つき、父の土産のあのマスコットは、多分敵の手に奪われて行方知れずになってしまっただろう。

せっぱつまって思いついたあの父の洋服簞笥の中の棍棒が、神秘的な力を発揮して、矢牧を禍いから守ってくれたのに違いない。

そう思ってみても、しかし、矢牧の心の中には、十数年たった今、自分の人生にとって貴重なものとなったかも知れない経験を取り逃したような、そんな悔いを感じるのであった。

矢牧の父の墓は、市の南にある広大な墓地の中にあった。

そこには、父より二年早く死んだ長兄も眠っているのであった。

矢牧は夕方、ひとりでお墓まいりに出かけた。時間は遅かったが、それでも小さなバケツをさげて墓地の中の道を歩いている家族の姿が見られた。

こちらへ来ればすぐ次の朝、お墓まいりに行けばいいのに、いつでも矢牧はぐずぐずしていて、結局帰る前の日になってしまう。

そして、時にはとうとうお墓まいりをしないで東京へ帰ってしまうこともあったのだ。矢牧は、父の墓にまいるということが、しなくてはいけない勤めのように思うのはいやであった。

いちばんにお墓まいりを済ませて、さっぱりした気持になるというのは、やはり心の中でそれを勤めのように考えているからだ。

矢牧は、お墓まいりはのんきな気持でする方がいいという考え方であった。行く方がいいが、行かなくても気がとがめる必要はちっとも無い。むしろ、気が向いた時に訪問する友人のように思いたいのである。

そこへ来れば、心が休まるし、やはり来てよかったという気持で帰る、そういう場所だと思っていた。

父と兄の墓は、大きな楠が目じるしであった。矢牧は、墓地の入口のいつも寄る店でもらって来たバケツをさげて、その中にお盆の花を入れて、道を歩いて行った。

倒れかかっている墓もあった。地面にのめりかかったようになっている墓もあった。

それらの墓は、もうバケツを持っておまいりに来る人もないのだろうと思われた。

しかし、そんなふうな、崩れた墓をながめても、矢牧の心には、不思議に無残な感じもいたましい感じも起らなかった。

（おやおや、どうも妙な恰好になりましたな）

そういう挨拶をしたくなるような、何か滑稽な、親しみのある気分に矢牧はなるのであった。

いまはもう、これらの夥しい墓石の下に眠るものは、生きている者から離れた安息の世界にいる。

墓石が地面にのめりこむように傾いていようとも、死者はそんなことには一向お構いなしに、自由で平安な世界にいるのだ。

広大な墓地の中に足をふみ入れた時に、いつも感じる、あの一種無責任な心の状態を矢牧は愛していた。そのような気持で彼は見知らぬ人の墓の間を歩いて行った。そして、やがて墓地の南のすみにある大きな楠が眼に入ると、彼は「やあ」と声をかけたいようななつかしさを覚えて、つい足を早めるのであった。

矢牧は、父と兄の墓の前まで来ると、やれやれというふうに、花を入れたバケツを地面に置き、ポケットからハンカチを出して、額の汗をふいた。

しばらくはそのまま、久しぶりに見る墓のすがたを眺めてみる。

三つある花立てのうち、二つには誰かが新しく供えてくれた花がある。残りの花立てにさしてある花が枯れかかっているのを抜いて、矢牧は自分が持って来たのと取りかえた。

（孝行なせがれじゃ！）

墓の中にいる父が、例のいやみをいう時の顔つきで、そう呟いている。

その声は、矢牧の耳に聞えて来るのである。

矢牧はバケツの中の水を汲んで、まだ新しい、なめらかな光沢をもった墓石の上に注ぎかけた。

すると、墓石の頂きの部分にたまった水が、夕べの空の色を映して、かがやいた。そこには、雲のかたちも映っているのであった。

（わしが死んだら、お墓の頭の上から酒を注ぎかけてくれ）

生きている時、父はよく冗談にそんなことをいった。念仏など唱えなくともいいというのであった。

矢牧は、その言葉を思い出した。

いま、なめらかな墓石の上にたまっているのは、水であった。そして、それはいかにも涼しげに見えた。

夏の夕方、矢牧の父はひとりだけ縁側に小さな机をもって来て、風呂から出たままの恰好でそこに坐って、庭の方を見ながらビールを飲んだ。

そのビールは、半町ほど離れた中山という老人の家の井戸で冷やしてもらったものである。夕方、それを取りに行くのが、子供の役目であった。

小学生の矢牧は、よくビールを取りに行った。中山老人の家には、いつもビールを一ダースぐらい預けてあって、網の袋に入れて井戸の中につけてあった。

矢牧が行くと、女中が出て来て、網をたぐり上げた。濡れた、黒い綱が冷たい雫を落しながら女中の手でたぐり上げられるのを、矢牧はそばでじっと見ていた。

網の袋から一本だけ出してもらったビールを受け取ると、矢牧はそれが手の中から滑り落ちないようにとしっかり握りしめて（矢牧は父から、「道で落すな」とよく注意された）、小走りに家まで戻った。

父以外の家族は奥の部屋で食事をしている。裸の背中を半分こちらに向けた父は、うちわで時々、忙しそうに身体をあおぎながら、うまそうにビールを飲んでいる。

そんな時、父は黙って庭を見ているのだが、何を考えているのだろうかと矢牧は不思議に思ったりした。

父親というものは、いつも世間に対して、さまざまな苦労が絶えず、その上に一家の家長としての責任がある。

殊に学校を経営していたから、部下の統率や学校の拡充発展ということで、心を労することが多い身であった。

そのような父が、一日の終りに、ひとりだけ家族と離れて、庭の方を見ながらビールを飲んでいた時の姿が、いま矢牧の心には身近なものとして浮び上って来るのであった。

十分に水を注ぎかけた墓石の前で、矢牧はかがみこみ、眼をつぶった。いくつかの言葉が、順序もなしに、矢牧の胸の中に浮んでは消えた。

死者の魂の平安と、生きている家族たちの健康と。それを彼は、何者にともなく祈りの言葉にして語っていた。

「それでは、また来ます」

口には出さないが、そんな気持で墓の前から立ち上った矢牧は、ここへ来たことによって自分の心がやさしく慰められたのを感じながら、バケツを手にして歩き出した。

(いずれは、おれもあの墓の下に入るんだな。そして、横に立てた石の表面に、父や兄などの名前のとなりにおれの名前も彫り込まれるんだな。そうすると、誰かがやって来て、やっぱりこんな夏の夕方に、おれの墓石の上からバケツの水を注ぐんだな。……)

矢牧はそんなことを心の中で呟きながらゆっくり歩いて行った。

すると何か愉快なような、笑い出したくなるような、しかしその底は変にさびしい、妙な気持になって来るのであった。

夜、子供たちは楽しく遊び暮した二週間の名残りに、庭に出て花火をつけた。

夏のさかりはとうに過ぎていた。何度もして珍しくなくなっただろうと思う花火だのに、それでも大きな声を立てて騒ぐのである。

庭が照し出されると、大きく葉をひろげてうつ伏したような浜木棉がみどり色に浮び上った。

「ほんとによく遊んだなあ」

矢牧は、それを眺めながらいった。

「東京へ帰ったら、宿題をやらないといかんな」

正三もなつめも、大事な宿題を残して来ているのであった。それは、夏休み中に、何か一つ、研究か工作か図画か、まとまった仕事をしなければならないことになっているのだ。

ところが、正三もなつめも、日記をつけるのがやっとのことで、いったい何をやるのか、それさえ考えてもいなかった。

「困ったわ」

千枝は夫に合づちを打ったが、その時、突然、庭をすっかり埋めて草が繁茂している有様を思い出して、そっと溜息をついた。そして、その溜息に誘われたように、矢牧も「ああ、また会社か」と情なさそうな声を出した。

# 第十六章　夏のおわり

大阪から帰って来てみると、残っていたやどかりは二匹ともいなくなって、洗面器の中はからっぽになっていた。

逃げたのは、千枝の「黄色」と、四郎の「金太郎」である。

この二匹は、テンシンとエリザベスの二匹が早く行方を消したあと、ずっと残っていた。子供たちは、家の中にやどかりがいるというのを、特別変ったことにも思わないようになっていた。

黄色と金太郎は、昼間は木の先にとまって身動きひとつせず、恰も木の一部になってしまったかのように見えた。

そして夜になって、みんなが寝しずまると、木から下りて来て好物のキャラメルをしゃぶったり、にんじんをかじったり、洗面器の底の石の上を散歩しているらしかった。

時々、どうかした拍子に、やどかりが木の先から墜落する音が、夜の部屋にひびいた。

「あ、また落ちた！」

その音を聞いた者は、いかにもぼんやりしたことだと呆れてしまうのであった。

「カツーン」という音は、滑稽であったが、それだけ哀れであった。眠りこけて、つい木の先にとまっていることを忘れるのだろうか。

しかし、その二匹のやどかりも、矢牧の家族が家をあけている間に、どんなふうにして逃げ出したのか、姿を消してしまっていた。

そして、窓際のからっぽになった洗面器に日は照り、留守の間の食糧にと千枝がたくさん入れてやったにんじんが、ほとんど口をつけずに取り残されてあったのだ。

いるのか、いないのか、分らなくなってしまったようなやどかりたちも、消えてしまうとふびんであった。子供たちはからっぽになった洗面器を見て、「どこへ行ったのだろう。また、蚊帳のすみにぶら下っているかも知れないな」などといい合った。

前に一度、金太郎がいなくなって四郎が一生懸命庭を探したことがあったが、二日ほどたったら、四郎が寝ている蚊帳のすみにぶら下っているのを見つけて、大笑いしたことがあったからだ。

ベルは元気であった。ながい間別れていた正三やなつめを迎えた時の喜びようといったらなかった。留守番は近所の時々、手伝いに来てもらう農家のおばさんに頼んであったので、ベルはそのおばさんから御飯を貰っていたのだ。

なつめは家の中へ入らないで、ベルのところへ行ってその顔に頬をすりつけて、いつまでも頭をなでてやっていた。

みんなが留守の間、どんなにベルがさびしがっていたか、よく分っているからだ。

庭いっぱいに生え茂った雑草を前に、千枝は途方に暮れた様子であったが、旅行の疲れを休めるために子供たちとまる一日昼寝をして過すと、次の日から勇気をふるい起してこの草林の征伐にかかった。

「こういう仕事は一息にやろうとしてもだめだ。スロー・アンド・ステッディ。ゆっくり、根気よくやらねばできないぞ」

矢牧はそういって千枝を励ましたが、自分はその任にあらずといって、草抜きのことは彼女にまかせた。

これからが矢牧にとっては一番つらい時なのだ。夏の暑さも、最初は新鮮だ。日がかんかん照りつけて水銀柱が上れば上るほど矢牧は興奮する。

夏は、一年のお祭りのように思われる。万物がみな燃えたち、夏ばんざいと叫んでいる。

ところが、夏はある日、突然、終りに来てしまう。まるで卓上のガラスの器が、何もないのに音を立てて割れてしまったように、夏はこわれてしまうのだ。

日は同じように舗道とその上に張り出した日覆いの上に照りつけ、道を行く人はポケットのハンカチを何度も取り出して顔をふき、アイスクリームはやはりよく売れるけれど、ここにあるのは夏ではなくて、それは夏のすがたをした秋だ。

そして、注意して空を見る人は、昨日までの誇り高く、美しくかがやいていた空が、けさは疲れて不機嫌になった人の横顔のようなのに気づくのである。

こわれてしまった夏がいつまでもぐずぐずしている間、矢牧は昨日まで自分を喜ばせたものをうとましい気持で見ながら会社へ出かけて行くのだ。

強い日の光りも、舗道の照りかえしも、ことごとく矢牧にはよけいな物に思われた。通勤の電車の中のむし暑さがこたえるのも、このころであった。

「えい、くそ」

矢牧はそんな言葉を腹の中でどなりながら、ひとりでいまいましがっているのだ。

スロー・アンド・ステッディ（ゆっくりと着実に）という言葉を千枝に与えた本人こそ、その教訓を必要とする人間なのである。

もっとも、スロー・アンド・ステッディでは困る者もいた。正三となつめが、そうであった。

夏休みを遊び過ぎた二人は、急いで宿題を片づけてしまわねばならなかった。大阪から帰って来ても、「まだまだ休みは半分済んだだけだ」と勝手なことをいってなまけていた二人は、たちまち日がたって行くのに気がついてあわて始めた。日記も知らぬ間に大分たまっていた。そして、休みの終りが、大きな口をあけたライオンか何かのように、二人を待ちかまえていた。

八月二十九日は、なつめの誕生日である。

あと二日で夏休みが終るという時に、なつめは自分の誕生日を迎えるわけだ。これは学校に行っている限り、学校に夏休みがなくならない限り、変りがない。

なつめはまだ小学校の二年生だけれども、夏休みが終りに近づくのを憂鬱な気持で待つという経験は、早くも始まろうとしていた。

去年はどうであったろうか？　去年のなつめは、学校へ行くことも生れて初めてだし、夏休みも初めてであった。

だが今年のなつめは去年のなつめとは違う。正三が「ちぇっ、あと五日か」とカレンダーを見てつぶやいた時、なつめも兄が舌打ちする気持が分った。

そして、残り少くなった日の中で、粘土で花瓶をつくっている時は、浮かない顔をしていた。なつめの宿題は、なんでもいいから一つやってくることというのであった。そんな宿題は、自由なようで、かえって困ってしまう。

いったい、何をやればいいのか、それを考えるだけで気が重くなってしまう。正直にいうと、なつめは何もしない方がいいのであった。

粘土で花瓶をつくるということに決まったのは十日前だが、実際に材料を買って来てもらって始めたのは、正三が「ちぇっ、あと五日か」といった日であった。

花瓶をつくるというのは千枝の考えで、これなら少しばかりかたちが下手くそでも、それはそれで面白味がないこともない。不器用ななつめには向いているかも知れないと思ったのだ。

それが、ともかくなんとか出来上ったのが、誕生日の日のお昼過ぎであった。その晩は、ユキ子ちゃんの家族をよんで、いっしょに夕御飯を食べることになっていた。

「それまでには、きっとやってしまうのよ」

なつめは千枝にやかましくいわれて、やっとぎりぎり間に合ったのだ。

会社から帰って来た矢牧は、なつめのつくった花びんを見て、「こういうジョッキがひとつあるといいな」といった。

矢牧が帰って風呂をあびている間に、正三となつめと四郎の三人は、村田さんの家へ呼びに行った。

三人が歩いて行く道の両側には、青々と勢いさかんに育った陸稲《おかぼ》が続いている。その穂はまだ色づいていないが、重そうに垂れて風にゆれている。

春休みに正三が見つけたひばりの子は、いまごろはどうしているのだろうか。

えびがにやおたまじゃくしや蟬のことに心を奪われていた間に、あのひばりたちはいったいどこへ行ってしまったのだろう。

村田さんの家は、とうもろこしの林のかげに隠れてしまっている。

そして、そのそばを通る時、正三もなつめも四郎も、思わず立ち止って見上げた。いかにもよく実が入って、重そうにふくらんだのが、すぐそこに見えるのだ。

三人ともとうもろこしが大好きだ。

「おかあちゃん、ちっとも、とうもろこしやいてくれないね」

四郎がなつめにいった。

「きのう、もらったとこじゃないの」

なつめはそういった。

「ぼく、ちょっとだけしか、たべなかったもん」

「いやしんぼ」

「それでもぼくすきやねんもん」

正三は歩き始めた。すると、とうもろこしのかげから村田さんの家が現われた。家の垣根の前を、ゆかたを着たタカ子ちゃんがひとり、出たり入ったりしている。なつめがかけ出して行った。

……矢牧の家では、食卓の上にきれいにならべられたお皿の横で、矢牧が一生懸命うちわではえを追っ払っていた。

「早く来んかなあ。何をしているのかなあ」

こういう時、矢牧はどうも待ちきれない性分であった。亡くなった彼の父親が、そうであった。

「もう来るわ」

千枝は子供たちの分のカツレツを揚げながら、矢牧にいった。これさえ揚げてしまえばおしまいである。

ベルには先に御飯をやっておいたから、みんなが食べる時はおとなしくしてくれるだろう。

子供の誕生日に人をよぶということは、大阪にいた時はしなかった。今度が初めてである。

知っている人が誰もいない土地へ来て、幸い村田さんのように親しく往き来できる家が近くにできたので、夏休みの終りのなつめの誕生日のお祝いは、こうしてささやかではあるが、これから毎年続けられることになるだろう。

そして、両方の家族が、子供も大人もその日を楽しみに待つようになれば、どんなにいいだろう。お互いの生活の中で、これだけのことでも、いく分改まった感じで、うれしいものなのだ。

正三たちが帰って来る声が聞えた。それといっしょに、子供たちはユキ子ちゃんとタカ子ちゃんを連れて、賑やかに家へ入って来た。

「ユキ子ちゃん、お父ちゃんとお母ちゃんは」

千枝が聞くと、ユキ子ちゃんの返事を正三となつめが取ってしまった。

「いまお家を出たよ。もうすぐ着く」

村田夫妻はめかしこんでやって来た。二人とも、きちんと着物を着て来たのである。しかし、井戸水で冷やしてあったビールが運ばれると、村田さんの主人はあっさり着物を脱いで、ランニング・シャツ一枚になった。

矢牧はむろん、ショートパンツにアロハという恰好だ。こうして、二人は愉快に飲み始めた。

大人の分のカツレツを揚げてしまうと、その後は千枝はもう席を立って動かなくてもいいようにしてあった。そして自分もビールを飲み、ユキ子ちゃんのお母さんにもすすめた。

子供たちは食卓がせまいので、少し窮屈そうであったが、いっしょにこんなふうに食事をするのは初めてなので、押し合いもせずに、満足そうに自分の皿の上のものに取っ組んでいた。

なつめはカツレツを切ろうとして、勢いあまって畳の上に飛ばしてしまったが、それを除けばみんなうまく食べた。喧嘩になるといけないので千枝が先に切って分けておいたアップル・パイも、ぶどうも全部。

子供らが済むと、矢牧は、

「おい、何かやってくれ」

といった。

すると、なつめがユキ子ちゃんを誘って、二人で廊下のところに立って、「ゆりかご」という歌をうたった。

二人が向い合って手をつないで、それをゆするようにしながら、

ゆりかごのつなを
木ねずみがゆするよ

とうたうのだ。そのあとは、一人が屈んで、耳のところに両方の手をそろえて眠る恰好をし、片方が立ったまま、やさしくその頭をさするようにする、かわいい踊りであった。

なつめとユキ子ちゃんの呼吸がとてもよく合っていたので、大かっさいであった。

二人は次に「若草もゆるおかのみち、心もはずむ身もはずむ」という唱歌をうたった。

それは、いかにも元気のいい歌であったので、矢牧もいっしょにうたい出し、ユキ子ちゃんのお父さんもついてうたった。

千枝は自分もうたいたくなった。子供の時に家にあったピンク色のセルロイドのレコードに入っていた童謡だ。

ピエロや踊っている人形の影絵をかいた盤で、「ザボンの花の咲くころは、空にはきれいな天の川」というのが、一番のはじめの歌詞であった。

このレコードが好きで、そのために千枝はザボンが好きになった。中がむらさき色で、皮のうらが淡紅色のあの果物が。

千枝はその歌のふしを思い出しながら小さい声でうたってみようとしたが、勢いのいい「若草もゆる」の合唱が邪魔になって、なかなか思い出すことができなかった。

# 時空を超える言葉の魔術

解説

富岡幸一郎

『ザボンの花』は一九五五年（昭和三十年）、庄野潤三が三十四歳の年に「日本経済新聞」に連載され、翌五六年七月に単行本として刊行された。

連載の年の一月に、庄野は前年十二月に雑誌『群像』に発表した「プールサイド小景」で芥川賞を受賞して新進作家として注目され、次々に作品を発表していった。一九五九年には書下ろし『ガンビア滞在記』、六〇年には『静物』、六五年には『夕べの雲』など代表作を著したが、その文学世界は、当時の文芸批評家たちから高い評価を受けながらも、一方である戸惑いを与えずにはおかないものであった。

文学史では、庄野潤三はいわゆる「第三の新人」の作家として位置づけられている。野間宏や武田泰淳、埴谷雄高や大岡昇平などの戦後文学の後の、昭和二十年代後半から三十年代はじめにかけて登場した作家たち、小島信夫、島尾敏雄、遠藤周作、吉行淳之介、三浦朱門の「世代」である。「第三の新人」の文学は、戦争や革命をテーマにした戦後文学のような「大きな物語」ではなく、敗戦後の廃墟と混乱から次第に日常性を回復してきた状況を背景に、人間の内面や心理の細部に目を向ける方向を示した。彼らの文学は、その主題も内容も、作家の個性も全く異にしながら、ひとつの共通する時代性をもっていた。それは、近代化と産業社会の進展が日本人の精神にどのような深刻な影響と変化を与えたかという問題、そして敗戦と占領によって戦前の家父長的な家族制度が否定され、いわゆる〝核家族〟へと移り行く現実を作品の基盤としていたところである。

安岡章太郎が、敗戦によって生活無能力者になった父と、しだいに病み狂っていく母の姿を描いた『海辺の光景』（五九年）を著し、島尾敏雄は『死の棘』（六〇年）で夫の不倫のために狂気と化していく妻との生活を描き、小島信夫は『抱擁家族』（六五年）でアメリカ式の近代的な家を建てた家族が、その快適なはずの家の中で深い〝崩壊〟の様相を呈していくさまを陰惨に描き出した。また、吉行淳之介は『娼婦の部屋』（五九年）などで都会の巷を舞台に孤独な男女の性愛をテーマとした作品を発表した。

彼ら「第三の新人」が、「家」の崩壊と都市化の波のなかで、砂粒のように孤独になっていく人間の様々な層を描いたのにたいして、庄野潤三はこうした時代と世相の変化に一見無縁な、家族の素朴な姿、日常のホームドラマと同質のような作品を書き続けた。

芥川賞受賞作「プールサイド小景」は、会社の金を使い込んで失職しながら勤めに行くふりをして家を出る夫の姿を描いているが、それは近所の目を意識し、自分の子供に不安を与えないための行動である。そこには、四十歳になって勤め先を放り出された人間の絶望的にならざるをえない心理状況があるが、しかし作家の筆は、そうした絶望を露呈してみせることはしない。また、『静物』は夫婦と三人の子供の家族の生活、深い眠りから覚めない妻の姿などが描かれているが、ことさら夫婦の破綻や家族の崩壊が予告されているわけではない。また、『夕べの雲』は、何の波風も立たない大浦家の家庭生活を淡々と綴ったものである。

こうした庄野作品にたいして、批評家たちは、この一見平凡な家族の生活の底に渦巻いている「不安」や「危機」を読み取ろうとした。

たとえば、磯田光一は『静物』が六〇年の安保闘争騒乱のなかで発表された作品であることを指摘し、代表作『夕べの雲』について次のように指摘していた。

《これは素朴なホームドラマと同質の作品であろうか。もしそういう見方をする人があるとすれば、そういう人は何かの特権に乗って安穏さをむさぼりながら、不幸を幸福に導こうとする意志をたんに嘲笑しているにすぎない。秩序に守護されて反逆を唱えている人々の声の猥雑さ不潔さに比べれば、不安に耐えて家族を守護する父性の孤独のほうが、はるかに倫理的に清潔であることを、ここにつけ加える必要はないであろう。不幸に耐えている人間と、不幸にあこがれて絶叫する人間と、どちらが楽天的であるかは最初からわかっ

ていることである。》(『戦後日本文学史・年表　〝現代の文学　別巻〟』一九七八年刊)

『夕べの雲』には「不安に耐えて家族を守護する父性」という隠されたテーマがあり、それは流砂のような崩壊のなかにある家族と個人にいかに対峙すべきかという時代的なテーマを孕んでいる、というのである。

また、江藤淳は『成熟と喪失――〝母〟の崩壊』(一九六七年刊)という「第三の新人」の作品を論じた代表的評論で、庄野作品を他の「第三の新人」たちの「家」の崩壊と漂流する「個人」の孤独とを描いた作品と比較しながら、庄野の作風のなかに戦後的な崩壊状況を乗り越えていこうとする「父」の姿を垣間見ようとする。たとえば、『夕べの雲』が一見なんの悲劇もない家庭生活を描くことに終始しながら、「その背後で読者に不思議なスリルと不安をあたえつづけるのである」という。そして父親である大浦について次のように指摘する。

《私が以前『夕べの雲』について「治者の文学」といったのは、大浦が存在証明にしていることの怯えの感覚と「不寝番」の意識を指してである。もしわれわれが「個人」というものになることを余儀なくされ、保護されている者の安息から切り離されておたがいを「他者」の前に露出しあう状態におかれたとすれば、われわれは生存をつづける最低の必要をみたすために「治者」にならざるを得ない。つまり「風よけの木」を植え、その「ひげ根」を育てあげて最小限の秩序と安息とを自分の周囲に回復しようと試みなければならな

くなるからである。》

江藤淳は、『海辺の光景』『抱擁家族』の作家たちよりも、『夕べの雲』の作者はこの剝き出しにされた「個人」の不安と世界の崩壊という「新事態」をもっとも切実なものとして意識しているという。つまり『夕べの雲』の核心には、「父」であるかのように生きる人間の姿があり、「母」が存在しえないことに怯えつづけながら、自らの姿を直視しようとする人間のテーマが内在していると指摘する。

このような庄野作品にたいする批評は、必ずしも間違ってはいない。平凡な一見何事もない日常の風景を描くことで、むしろ底にある現代人の不安と孤独、さらには社会の危機と変動を浮かび上がらせているという評価は、『静物』や『夕べの雲』などの代表作の読み方として、おそらく今日も有効である。夕暮れの波立たないプールの水面や、眠り続けている妻や、『舞踏』の冒頭に描かれる台所の天窓にへばりついているヤモリなどの、静かな日常の光景の一回性のうちに、人間の生きることとの根源的な深みを表出するところにこそ、庄野文学の強健でしなやかな散文の力があるからである。その散文の力は、ポストモダン時代の代表的作家である村上春樹の散文にも伝播されているように思われる。

しかし、二〇〇九年（平成二十一年）九月二十一日、八十八歳で死去するまでの庄野潤三のさらなる長い文学表現の営みからはるかに眺め返すとき、現代社会のもたらす人間の心の不安や時代の危機、またその現実の流れに抗して「治者」の不幸な役割を引き受けるならない。

といった事柄だけを抽出することは、あくまでも一面的な作品の読み方のように思われてならない。

今回、『ザボンの花』を読みながら、庄野文学のそのスケールの大きさを改めて感じずにはいられなかった。もちろん、この作品が歴史的な課題や社会的問題を描くという意味でスケールが大きいというのではない。ここにはひとつの家族のまさに平凡で静かなといってよい日常の営みが描かれているのであり、その意味ではあくまでも「小さな物語」である。

大阪から東京の郊外へと引っ越してきた矢牧家の三人の子供たち、小学四年生の長男の正三、妹の二年生のなつめ、あと二年で幼稚園にはいる四郎の様子が素朴にいきいきと描かれている。大阪時代とはうって変わり、野中の一軒家での生活は快適であるが、周囲の自然や慣れない環境のなかで、思わぬ戸惑いが生じたりもする。母親の千枝は映画好きであったが、大阪にいた頃のように頻繁には見に行けなくなり、また一軒家を狙ってくる「招かれざる客」に困惑したりもする。しかし、子供たちは新天地での生活に順応し、青い麦畑や空を飛び交うひばりを眺めたり近くの小川から取って来たえびがにに大喜びしたり、番犬のベルと戯れたり、隣人である村田さんの娘のユキ子らとすぐに仲良くなる。

正三の家から村田さんの家までは、畑の間の一本道だ。その道は、ゆるやかに曲りながら、遠くに森や雑木林や竹やぶや、それらのかげにある農家や、ところどころに新しく建てられた住宅を一目に見渡しながら、村田さんの家のすぐ横へ続いているのだ。いつもこの道を通って、正三となつめは学校へ行くのである。

青い麦畑の真中で、大急ぎで空を見上げた正三は、太陽の光りがまばゆくて、ちょっと手をかざしてみた。

ユキ子の母親は九州の熊本の出身、その主人は秋田の出身で、「九州男児と秋田美人とが結婚したのよ」といってすましているようなユーモアもあるが、村田家は満州からの引き揚げ者であり、その折に生まれて一年目の男の子を死なせてしまったという過去がある。

『夕べの雲』の大浦家も禿山の上に移住してきて、家族は風よけの木を植えようとするが、『ザボンの花』の家族たちも夜中に吹き出す風から「家を守るため」に木を植えようとする。妻の千枝は、植木の市で木蓮の木を買いたいと思うが値段が高くて諦める。しかし、たまたまやってきた若い男からヒマラヤ杉の苗木を安く買おうとする。千枝が夫にその話をすると、「木を植えるということは、そういうけちな考えのものではない。木を植えるのは、もっと気宇雄大な精神のものだ」といい、彼にとって木とは故郷の家に父親が植えた「プラタナスの木」であるという。この「プラタナスの木」は、矢牧の生まれる前から存在し、物心つくころには大きく枝葉を広げていた。夏休みに子供たちと大阪の母の実家に遊びに帰った時、東京のサラリーマン生活の疲れから束の間解放された彼は、矢牧の家のこの懐かしい大木を思い起こし、その木々が「いったい何時の間にこの家から姿を消してしまったのだろう」と考える。

矢牧は、それをはっきり思い出すことができなかった。ただ、あの大きな戦争の間に、みんなが戦争と家族の運命に心を奪われている間に、プラタナスは、それぞれ、気づかれずにその生命を終えたのだ。

そして、その古い幹は、永く雨露にさらされた後に、のこぎりでひかれて、風呂のたきぎになってしまった。

子供の時から庭のプラタナスを見て来た矢牧には、この木が老い、朽ちることは想像できなかったのである。

夏になると、枯れたような幹のそこかしこから、みずみずしい葉を伸ばし、樹木の生命力の不思議な様を見て大きくなった矢牧は、この木の力は永遠に失われないと思い込んでいた。しかし、プラタナスの木も今はどこにもなく、それを植えた矢牧の父とともに、この家から姿を消してしまった。家のなかで声を張り上げて走り回っている親戚と自分の子供たちを見ながら、彼は思わざるをえない。

矢牧は、なくなった昔と、この小さい子らとのちょうど真中に立っているのだ。おぼつかない足取りで、家の中をそろそろ歩く矢牧の母は、まわりで騒ぐ子供らを微笑しながら見守っている。

この母は、プラタナスや父よりも長く生きて来た人だ。矢牧は、自分が育って来たこの古い家の中で、なくなった昔と、親しい生命をながめる。

すると、矢牧の心にはかすかな悲しみが生ずる。それは、いったい何の悲しみだろう?

生命というものは、いつでもプラタナスの葉っぱのようにさかんで、そして絶えず古いものから新しいものへと交替が行われているのだ。

生命は汲んでも汲んでも尽きることのない井戸水のようなものだと思っている矢牧も、わが家の中で、この交替がしずかに今も行われていることに気づかないわけにはゆかない。矢牧や兄の時代は、やがてこの子供たちに場所をゆずって後の方に退くのだ。

この「悲しみ」は、『静物』や『夕べの雲』、そして庄野文学の全体の底を静かに流れている音階である。その音階は、ある時代の読者が聞けば、その時代の「不安」や「崩壊」

の潮流として聞こえてくるものであり、また次の時代の読者が読めば、その時の状況を奏で出すものとして現れてくるだろう。庄野潤三が小説という散文にこめた力とは、このようにある時代の変化や思想の流れを映し出すのではなく、変転する時代を貫いてなお変わらぬ永遠の人間の営み、すなわち生きることの根源から響いてくる生活感情なのである。『ザボンの花』では、子供たちの一挙手一挙動がまるでその子供の実感に乗り移ったかのようにいきいきと描かれている。四郎にとって、「世界は、自分の持ち物と、自分の持ち物でないものとの二つにはっきり分れていて、自分の持ち物を愛する気持が全く純粋に強いのではあるまいか」。この「全く純粋に強い」感情を、庄野作品は比類なき散文世界として展開する。

庄野は、その青春期に日本浪曼派の代表的詩人であった伊東静雄と出会い、決定的な影響を受ける。一九四一年（昭和十六年）、二十歳のときである。以後、詩作を試みるが、庄野が選んだのは詩ではなく小説という散文であった。しかも、作風は出発点からして浪曼派的な美文ではなく、また日本の伝統的な私小説のリアリズムとも異なる文体《スタイル》によって貫かれていた。

その散文は、一匹のえびがにの動きとそれに呼応する子供たちの動きとを、小さな生命の輝きと熱い思いとの交流として描き出す。なつめが遊ぶ「ゴムだん」のゴムを輝く宝物のように現出させる。矢牧夫婦が夢物語のように語り合う「アフリカ旅行」の地図を、どんな実際の観光旅行よりもリアルに想像させる。夏休みの強い日差しのなかに子供たちも父親の矢牧も、南方の島の海岸の景色のなかに、聳え立つヤシの木や白い浜辺、燃える太陽の下に引き入れてしまう。大阪の実家の庭に、いまや姿を消したプラタナスの木と、一日の終りにひとりだけ家族と離れてその庭を見ながらビールを飲んでいた父の姿をよみがえらせる。一年のお祭りのような子供たちとの夏は、ある日突然、「まるで卓上のガラスの器が、何もないのに音を立てて割れてしまったように」壊れてしまう。

『ザボンの花』に満ち溢れる言葉は、何かを指し示すことでその物を描いているのではなく、言葉自体がその物と化している。詩人は、記号であり表象である以上のものを言葉に賭けようとして、時に奇跡のように言葉そのものを魔術的に存在そのものへと変容してみせる。庄野潤三は、小説というジャンルにおいて、それを散文の力で可能ならしめたのである。

庄野は、伊東静雄から森鷗外の文学の素晴らしさを教えられたというが、「初めて伊東先生のお家へ行った時、鷗外の全集」から、いくつかの詩を歌ってきかせてくれたという。それは、ドイツのリードを聞くようなきれいな独特の節で歌われた。この尊敬する詩人の声に乗った鷗外の言葉は、若い庄野のなかに深くしみ込んだのは想像に難くない。この経験を彼は「自由自在な人」という短い随筆で思い出として記しているが、その文章の最後をこう締めくくっている。

庄野潤三　昭和45年

《「渋江抽斎」のような長篇についても同じことが云えるが、普通ならとても小説にはなりそうにない素材が、鷗外の手にかかると小説になり、しかもこちらの人生経験が深まるにつれてその作品が生き生きとして見えて来る。生涯の伴侶としたい文学者である。》

(『自分の羽根　庄野潤三随筆集』所収　講談社文芸文庫二〇〇六年刊)

『ザボンの花』をゆっくりと味わいながら、その言葉のひとつひとつを楽しむとき、この作家の作品もまた「生涯の伴侶」としたいと読者は思わずにはいられないだろう。

# 年譜

庄野潤三

**一九二一年**（大正一〇年）
二月九日、大阪府東成《ひがしなり》郡住吉村（現、大阪市住吉区帝塚山《てづかやま》東）に、父貞一、母春慧の三男として生まれる。父は教育者で帝塚山学院の初代院長。兄鷗一、英二、姉滋子があり、のち弟四郎、至、妹渥子が生まれた。

**一九二七年**（昭和二年）　六歳
帝塚山学院小学部に入学。四月、欧米の教育視察に旅立つ父を神戸港に見送った。九月、弟四郎疫痢で死去。

**一九三三年**（昭和八年）　一二歳
帝塚山学院小学部を卒業、大阪府立住吉中学校に入学。

**一九三九年**（昭和一四年）　一八歳
大阪外国語学校英語部に入学。チャールズ・ラムなどイギリスのエッセイを愛読。ラムの翻訳「ふるさと」を〈外語文学〉に発表。

**一九四〇年**（昭和一五年）　一九歳
内田百閒、井伏鱒二などを愛読。句作を試み、キャサリン・マンスフィールドの「理想的な家庭」を翻訳、部内誌〈咲耶〉に発表。

**一九四一年**（昭和一六年）　二〇歳
三月、伊東静雄を堺市に訪ね、以後師事した。詩作を試みる。一二月、繰り上げで大阪外国語学校英語部を卒業。

**一九四二年**（昭和一七年）　二一歳

九州帝国大学法文学部文科に入学、東洋史を専攻。一年上に島尾敏雄がいた。七月、朝鮮を経て満州（現、中国東北部）を旅行。
**一九四三年**（昭和一八年）二二歳
九月、再び満州を旅行。一一月、東京城《トンキン》に渤海《ぼっかい》国の首都の跡を訪ねた。一一月、処女作「雪・ほたる」を書く（翌年四月、〈まほろば〉に掲載）。一二月、広島の大竹海兵団に入団。
**一九四四年**（昭和一九年）二三歳
一月、海軍予備学生隊に入隊。七月、館山砲術学校に移る。一〇月付で大学の卒業証書が与えられる。一二月、海軍少尉に任官。
**一九四五年**（昭和二〇年）二四歳
二月、庄野隊を編制。終戦を伊豆半島で迎え、復員。一〇月、大阪府立今宮中学校に勤め、歴史を担当した。
**一九四六年**（昭和二一年）二五歳
一月、浜生千壽子と結婚。五月、島尾敏雄、林富士馬、三島由紀夫らと〈光耀〉を刊行。
七月、「罪」を〈午前〉に、一〇月、「貴志君の話」を〈光耀〉に、一一月、「淀の河辺」を〈午前〉に発表。
**一九四七年**（昭和二二年）二六歳
一月、詩「チェルニのうた」を、四月、「ピューマと黒猫」を〈文学雑誌〉（藤沢桓夫編集）に発表。六月、「青葉の笛」を〈午前〉に発表。夏、チェーホフを愛読。一〇月、長女夏子誕生。一二月、「恋文」を〈新現実〉に発表。
**一九四八年**（昭和二三年）二七歳
四月、「銀鞍白馬」を〈文学雑誌〉に発表。
六月、大阪市立南高校に転勤。
**一九四九年**（昭和二四年）二八歳
四月、島尾敏雄の推輓で〈新文学〉に発表した「愛撫」が好評。八月、「十月の葉」を〈文学雑誌〉に発表。
**一九五〇年**（昭和二五年）二九歳
二月、「舞踏」を〈群像〉に発表。八月、「スラヴの子守唄」を〈群像〉に、一〇月、「メリイ・ゴオ・ラウンド」を〈人間〉に発表。父貞一死去。

**一九五一年**（昭和二六年）三〇歳

九月、大阪市立南高校を辞して、朝日放送入社。長男龍也誕生。

**一九五二年**（昭和二七年）三一歳

四月、「紫陽花」を〈文芸〉に、六月、「虹と鎖」を〈現在〉に発表。

**一九五三年**（昭和二八年）三二歳

一月、「喪服」を〈近代文学〉に、四月、「恋文」を〈文芸〉に発表。この両作が芥川賞候補となる。八月、「会話」を〈近代文学〉に発表。九月、朝日放送東京支社に転勤、東京都練馬区南田中町に移った。一二月、「流木」を〈群像〉に発表。最初の作品集『愛撫』を新潮社より刊行。

**一九五四年**（昭和二九年）三三歳

一月、「噴水」を〈近代文学〉に、「十月の葉」を〈ニューエイジ〉に、二月、「臙脂《えんじ》」を〈文学界〉に、六月、「黒い牧師」を〈新潮〉に、「桃李」を〈文学界〉に、「団欒」を〈文芸〉に、一〇月、「結婚」を〈文学界〉に、一二月、「プールサイド小景」を〈群像〉に発表。

**一九五五年**（昭和三〇年）三四歳

一月、「プールサイド小景」により第三二回芥川賞を受賞。二月、「伯林《ベルリン》日記」を〈文芸〉に発表。同月、『プールサイド小景』をみすず書房より刊行。四月、「バングローバーの旅」を〈文芸〉に発表、「ザボンの花」を〈日本経済新聞〉に連載開始（八月三一日完結）。同月、『結婚』を河出書房より刊行。五月、「雲を消す男」を〈文学界〉に、七月、「薄情な恋人」を〈知性〉に発表。八月、朝日放送退社。一〇月、「ビニール水泳服実験」を〈文芸〉に、「緩徐調」を〈文芸春秋〉に、「少年」を〈小説新潮〉に発表。

**一九五六年**（昭和三一年）　三五歳
二月、次男和也誕生。三月、「勝負」を〈文芸〉に、四月、「机」を〈群像〉に発表。母春慧死去。五月、「孔雀の卵」を〈小説新潮〉に発表、「旅人の喜び」を〈知性〉に連載（翌年二月完結）。七月、『ザボンの花』を近代生活社より刊行。九月、「夢見る男」を〈小説新潮〉に、一〇月、「不安な恋人」を〈文学界〉に、一二月、「太い糸」を〈別冊文芸春秋〉に発表。

**一九五七年**（昭和三二年）　三六歳
二月、「ある町」を〈群像〉に、「独身」を〈小説公園〉に、六月、「父」を〈文学界〉に発表、『バングローバーの旅』を現代文芸社より刊行。七月、「自由な散歩」を〈小説新潮〉に発表。八月、ロックフェラー財団の招きで、夫人とともに横浜港を出帆、九月、オハイオ州ガンビアに到着、ケニオン大学の客員として一年間滞在、米国各地を旅行。一〇月、「相客」を〈群像〉に、一一月、「吊橋」を〈オール読物〉に発表。

**一九五八年**（昭和三三年）　三七歳
八月、帰国。一二月、「五人の男」を〈群像〉に、「イタリア風」を〈文学界〉に発表。

**一九五九年**（昭和三四年）　三八歳
一月、「南部の旅」を〈オール読物〉に、随筆「自分の羽根」を〈産経新聞〉（一三日）に発表。三月、書下ろし『ガンビア滞在記』を中央公論社より刊行。一一月、「蟹」を〈群像〉に発表。

**一九六〇年**（昭和三五年）　三九歳
六月、「静物」を〈群像〉に、八月、「なめこ採り」を〈文学界〉に、一〇月、「二人の友」を〈声〉に発表、『静物』を講談社より刊行。一一月、『静物』により第七回新潮社文学賞を受賞。

**一九六一年**（昭和三六年）　四〇歳
二月、「湖中の夫」を〈新潮〉に、四月、

「花」を〈小説中央公論〉に、「マッキー農園」を〈文学界〉に発表。川崎市生田に転居。九月、「二つの家族」を〈新潮〉に発表、『浮き燈台』を新潮社より刊行。一〇月、「リッチソン夫妻」を〈群像〉に、一二月、「一夜の宿」を〈文学界〉に発表。

**一九六二年**（昭和三七年）四一歳

四月、「道」を〈新潮〉に、六月、「雷鳴」を〈文学界〉に、七月、「薪小屋」を〈群像〉に発表、『道』を新潮社より刊行。八月、「つむぎ唄」を〈芸術生活〉に連載（翌年七月完結）。一〇月、「休日」を〈文芸〉に発表。

**一九六三年**（昭和三八年）四二歳

二月、「橇《そり》」を〈文学界〉に発表、『旅人の喜び』を河出書房新社より刊行。四月より翌年三月まで早稲田大学文学部の講師となる。七月、「鳥」を〈群像〉に発表、『つむぎ唄』を講談社より刊行。一一月、「石垣いちご」を〈文学界〉に発表。

**一九六四年**（昭和三九年）四三歳

二月、「鉄の串」を〈群像〉に発表。五月、『鳥』を講談社より刊行。六月、「蒼天」を〈新潮〉に、七月、「曠野」を〈群像〉に発表。九月、「夕べの雲」を〈日本経済新聞〉に連載（六日より、翌年一月一九日完結）。一〇月、『佐渡』を学習研究社より刊行。

**一九六五年**（昭和四〇年）四四歳

一月、「つれあい」を〈新潮〉に、二月、「冬枯」を〈群像〉に発表。三月、『夕べの雲』を講談社より刊行。四月、「行きずり」を〈文学界〉に、一一月、「秋風と二人の男」を〈群像〉に発表。一二月、〈新潮〉の対談「文学を索めて」（小島信夫と）に出席。

**一九六六年**（昭和四一年）四五歳

二月、『夕べの雲』により第一七回読売文学賞受賞。六月、「まわり道」を〈群像〉に、一〇月、「流れ藻」を〈新潮〉に発表。一二月、「雉子の羽」を〈文学界〉に連載（翌年一一月完結）。この年、『夕べの雲』がイタリアのフェロ・エディチオニ社より翻訳刊行。

**一九六七年**（昭和四二年）四六歳

一月、「山高帽子」を〈文芸〉に発表、『流れ藻』を新潮社より刊行。二月、随筆「無駄あし」を〈風景〉に発表。三月、『庄野潤三』（講談社版「われらの文学13」）を刊行。そこに随筆「好みと運」を発表。同月、「卵」を〈朝日新聞〉（一九日、日曜版）に、七月、「丘の明り」を〈展望〉に発表。一二月、『丘の明り』を筑摩書房より刊行。

**一九六八年**（昭和四三年）四七歳

二月、「星空と三人の兄弟」を〈群像〉に発表、『自分の羽根』を講談社より刊行。三月、『雉子の羽』を文芸春秋より刊行。四月、「尺取虫」を〈季刊芸術〉に、八月、「前途」を〈群像〉に、九月、「湖上の橋」を〈文学界〉に発表。一〇月、『前途』を講談社より刊行。

**一九六九年**（昭和四四年）四八歳

一月、「秋の日」を〈文芸〉に、三月、「雨の日」を〈風景〉に、九月、「紺野機業場」を〈群像〉に発表。一一月、『紺野機業場』を講談社より刊行。

**一九七〇年**（昭和四五年）四九歳

一月、「小えびの群れ」を〈新潮〉に、二月、「年ごろ」を〈文学界〉に、三月、「さまよい歩く二人」を〈文芸〉に発表。『紺野機業場』により第二〇回芸術選奨文部大臣賞を受賞。六月、随筆集『クロッカスの花』を冬樹社より刊行。一〇月、『小えびの群れ』を新潮社より刊行。一一月、「絵合せ」を〈群像〉に、一二月、「父と子」を〈新潮〉に発表。

**一九七一年**（昭和四六年）五〇歳

一月、「仕事場」を〈新潮〉に、三月、「カーソルと獅子座の流星群」を〈文学界〉に発表。五月、『絵合せ』を講談社より刊行。九月、『屋根』を新潮社より刊行。一一月、「組立式の柱時計」を〈新潮〉に発表。一二月、『絵合せ』により第二四回野間文芸賞受賞。
**一九七二年**（昭和四七年）　五一歳
一月、「餡パンと林檎のシロップ」を〈文学界〉に発表、「野鴨」を〈群像〉に連載（一〇月完結）。四月、『明夫と良二』を書下ろし、岩波書店より刊行。この作品により、一〇月、第二六回毎日出版文化賞を受賞。
**一九七三年**（昭和四八年）　五二歳
一月、「雨傘」を〈新潮〉に、「沢登り」を〈文芸〉に発表、『野鴨』を講談社より刊行。四月、「灯油」を〈文芸〉に発表。五月、「おんどり」を〈文芸〉に発表、随筆集『庭の山の木』を冬樹社より刊行。作家としての業績により第二九回日本芸術院賞を受賞。六月、『庄野潤三全集』全一〇巻を講談社より刊行開始（翌年四月完結）。七月、「甘えび」、八月、「くちなわ」、九月、「ねずみ」、一〇月、「泥鰌」、一一月、「うずら」を〈文芸〉に発表。第二回川崎市文化賞を受賞。一二月、「おもちゃ屋」を〈文芸〉に発表。
**一九七四年**（昭和四九年）　五三歳
一月、「砂金」を〈群像〉に発表。三月、『おもちゃ屋』を河出書房新社より刊行。四月、「三宝柑」他を〈毎日新聞〉夕刊に週一回連載（一日より、六月二四日完結）。五月、「漏斗」を〈新潮〉に、六月、「霧とイギリス人」を〈文芸〉に、七月、「引越し」を〈海〉に、一〇月、「葡萄棚」を〈群像〉に、一二月、「葦切り」を〈新潮〉に発表。
**一九七五年**（昭和五〇年）　五四歳
一月、「五徳」を〈文芸〉に、「やぶかげ」を〈海〉に、「鍛冶屋の馬」を〈文学界〉に発表。二月、『休みのあくる日』を新潮社より刊行。四月、「屋上」を〈群像〉に、「ユッカ蘭の猫」を〈文学界〉に、五月、「花瓶」を〈文学界〉に発表。中国人民対外友好協会の招きで、日本作家代表団の一員として中国各地を旅行。六月、「草餅」を〈文学界〉に、七月、「ココアと筍」を〈文学界〉に、八月、「梅の実」を〈文学界〉に、「黄河の鯉――中国の旅から」を〈文芸〉に、九月、「雲の切れ目」を〈文学界〉に、一〇月、「シャボン玉吹き」を〈文学界〉に、一一月、「納豆御飯」を〈文学界〉に、一二月、「真夜中の出発」を〈文学界〉に発表。

**一九七六年**（昭和五一年）　五五歳

一月、「かたつむり」を〈群像〉に、「家鴨」を〈海〉に発表。四月、『鍛冶屋の馬』を文芸春秋より刊行。六月、随筆集『イソップとひよどり』を冬樹社より刊行。七月、「菱川屋のおばさん」を〈海〉に、九月、随筆『孤島夢』のころ」を〈文学界〉に、一〇月、「写真屋」を〈群像〉に発表。

**一九七七年**（昭和五二年）　五六歳

一月、「シェリー酒と楓の葉」を〈文学界〉に、二月、「引潮」を〈新潮〉に、三月、「フィンランド土産」を〈文学界〉に、四月、「林の中」を〈文学界〉に発表。五月、『引潮』を新潮社より刊行。六月、「水の都」を〈文芸〉に連載（翌年二月完結）。七月、「ヨークシャーの茶碗」を〈文学界〉に、八月、「コルクの中の猫」を〈海〉に、九月、「窓の灯」を〈文学界〉に、一一月、「移転計画」を〈文学界〉に、一二月、「双眼鏡」を〈群像〉に発表。

**一九七八年**（昭和五三年）　五七歳

一月、「割算」を〈新潮〉に、「船長の椅子」を〈文学界〉に、三月、「廃屋」を〈文学界〉に発表。四月、二〇年ぶりにオハイオ州ガンビアを訪問、ケニオン大学より文学博士の名誉学位を受ける。『水の都』を河出書房新社より刊行。五月、「東部への旅」を〈文学界〉に、七月、「除夜」を〈文学界〉に発表。一一月、「ガンビアの春」を〈文芸〉に連載（一九八〇年一月完結）。『シェリー酒と楓の葉』を文芸春秋より刊行。一二月、日本芸術院会員となる。

**一九七九年**（昭和五四年）五八歳
一月、「三河大島」を〈群像〉に発表。四月、随筆集『御代の稲妻』を講談社より刊行。七月、「伊予柑」を〈海〉に、一一月、「ある健脚家の回想」を〈文学界〉に発表。

**一九八〇年**（昭和五五年）五九歳
一月、「モヒカン州立公園」を〈群像〉に発表。二月、『屋上』を講談社より刊行。四月、『ガンビアの春』を河出書房新社より刊行。五月、「失せ物」を〈新潮〉に、「『ガンビアの春』補記」を〈文芸〉に発表。ロンドンを訪問。六月、「早春」を〈海〉に連載（翌年九月完結）。一一月、上林暁追悼文「葉書の文学」を〈群像〉に、河上徹太郎追悼文「柿生の河上さん」を〈文学界〉に、一二月、随筆「ウエバーさんの手紙」を〈波〉に発表。

**一九八一年**（昭和五六年）六〇歳
一月、「昔の仲間」を〈文学界〉に、三月、「七草まで」を〈文芸〉に、追悼文「福原さんを偲ぶ」を〈新潮〉に、一〇月、「インド綿の服」を〈群像〉に、一一月、随筆「休暇中のロン」を〈新潮〉に発表。

**一九八二年**（昭和五七年）六一歳
一月、「陽気なクラウン・オフィス・ロウ」を〈文学界〉に連載（翌年八月完結）、「おじいさんの貯金」を〈文芸〉に発表、『早春』を中央公論社より刊行。

**一九八三年**（昭和五八年）六二歳
一月、「大きな古時計」を〈文芸〉に、随筆「花鳥図」を〈毎日新聞〉（四日夕刊）に、三月、随筆「本の書き入れ」を〈群像〉に、七月、「ぎぼしの花」を〈東京新聞〉（一九日夕刊）に、九月、「嗅ぎ煙草とコーヒー」を〈新潮〉に、一一月、「泣鬼《なきおに》とアイルランドの紳士」を〈文学界〉に発表。
**一九八四年**（昭和五九年）　六三歳
一月、「楽しき農婦」を〈群像〉に発表。二月、『陽気なクラウン・オフィス・ロウ』を文芸春秋より刊行。三月、随筆「物売りの声」を〈文芸〉に、五月、「山の上に憩いあり」を〈新潮〉に発表。六月、「サヴォイ・オペラ」を〈文芸〉に連載（翌年七月完結）。一一月、「雪の中のゆりね」を〈群像〉に発表、『山の上に憩いあり——都築ケ岡年中行事』を新潮社より刊行。
**一九八五年**（昭和六〇年）　六四歳
一月、「水盤とオランダの絵」を〈読売新聞〉（四日夕刊）に発表。四月、『ぎぼしの花』を講談社より刊行。八月、「会計簿と『チェーホフ読書ノート』」を〈群像〉に発表。九月、〈日本経済新聞〉のコラム「スポーツの四季」に随筆を連載（五日より、翌年八月七日まで一〇回）。一一月、「誕生祝い」を〈群像〉に、「南の島のまどさん」を〈波〉に発表。一一月一三日、脳内出血のため川崎市の高津中央総合病院に入院（のち虎の門病院梶ケ谷分院に転院）、一二月二七日退院。
**一九八六年**（昭和六一年）　六五歳
一月、「ガンビア停車場」を〈文学界〉に発表。三月、『サヴォイ・オペラ』を河出書房新社より刊行。七月、連載エッセイ「世をへだてて」の①「夏の重荷」、九月、同②「杖」を〈文学界〉に、随筆「聞き手と語り手」を〈新潮〉に、一〇月、随筆「サヴォイ・オペラ年表」を〈群像〉に、一二月、連載エッセイ「世をへだてて」の③「北風と靴」を〈文学界〉に、「丹下氏邸—エリア随筆」を〈短歌〉に発表。
**一九八七年**（昭和六二年）　六六歳
一月、島尾敏雄追悼文「気儘な附合い」を〈新潮〉に、二月、連載エッセイ「世をへだてて」の④「大部屋の人たち」、四月、同⑤「Dデイ」、六月、同⑥「作業療法室」、八月、同⑦「同室の人々」を〈文学界〉に発表。一〇月、「足柄山の春」を〈群像〉に発表。一一月、エッセイ集『世をへだてて』を文芸春秋より刊行。
**一九八八年**（昭和六三年）　六七歳
二月、『インド綿の服』を講談社より刊行。八月より翌年七月まで、「エイヴォン記」を〈群像〉に連載。
**一九八九年**（昭和六四年・平成元年）　六八歳
三月より一九九一年四月まで、「懐しきオハイオ」を〈文学界〉に連載。八月、『エイヴォン記』を講談社より刊行。
**一九九一年**（平成三年）　七〇歳
四月、『誕生日のラムケーキ』を講談社より刊行。五月、「鉛筆印のトレーナー」を〈海燕〉に連載（翌年四月完結）。六月、随筆「森亮さんの訳詩集」を〈新潮〉に発表。九月、『懐しきオハイオ』を文芸春秋より刊行。
**一九九二年**（平成四年）　七一歳
一月、短編集『葦切り』を新潮社より刊行。五月、『鉛筆印のトレーナー』を福武書店より刊行。一一月より翌年一〇月まで、「さくらんぼジャム」を〈文学界〉に連載。
**一九九三年**（平成五年）　七二歳
九月、「追悼・井伏さんの本」を〈群像〉に、「追悼・井伏鱒二『白鳥の歌・水甕』」を〈文学界〉に発表。一一月二六日、次兄英二死去。
**一九九四年**（平成六年）　七三歳
一月より一二月まで、「文学交友録」を〈新潮〉に連載。二月、『さくらんぼジャム』を文芸春秋より刊行。一〇月、〈群像〉の「わが友吉行淳之介」の座談会に出席（阿川弘之、遠藤周作らと）。
**一九九五年**（平成七年）　七四歳
一月より一二月まで、「貝がらと海の音」を

〈新潮45〉に連載。三月、『文学交友録』を新潮社より刊行。九月、随筆集『散歩道から』を講談社より刊行。一〇月、「宝塚・井伏さんの思い出」を〈本〉に発表。
**一九九六年**（平成八年）　七五歳
一月より翌年一月まで、「ピアノの音」を〈群像〉に連載。四月、『貝がらと海の音』を新潮社より刊行。「野菜讃歌」を〈波〉に発表。七月、「梅の実とり」を〈産経新聞〉（六日）に、「父の本棚」を〈文学界〉に、九月、「フランス人形の絵」を〈新潮〉に、一二月、「フランスの土産話」を〈群像〉に発表。
**一九九七年**（平成九年）　七六歳
一月より一二月まで、「せきれい」を〈文学界〉に連載。一月、小沼丹追悼文「小沼とのつきあい」を〈群像〉に発表。四月、『ピアノの音』を講談社より刊行。六月、「お祝い絨毯の話」を〈本〉に発表。
**一九九八年**（平成一〇年）　七七歳
一月より一二月まで、「庭のつるばら」を〈新潮〉に連載。四月、『せきれい』を文芸春秋より刊行。五月一日より三一日まで「私の履歴書」を〈日本経済新聞〉に連載。一〇月、『野菜讃歌』を講談社より刊行。
**一九九九年**（平成一一年）　七八歳
一月より一二月まで、「鳥の水浴び」を〈群像〉に連載。四月、『庭のつるばら』を新潮社より刊行。一〇月、『文学交友録』を新潮文庫として刊行。
**二〇〇〇年**（平成一二年）　七九歳
一月より一二月まで、「山田さんの鈴虫」を〈文学界〉に連載。一月、随筆「孫の結婚式」を〈新潮〉に発表。四月、『鳥の水浴び』を講談社より刊行。五月、随筆「『光耀』のころ」を〈季刊文科〉第一五号に発表。
**二〇〇一年**（平成一三年）　八〇歳

一月より一二月まで、「うさぎのミミリー」を〈波〉に連載。四月、『山田さんの鈴虫』を文芸春秋より刊行。

**二〇〇二年**（平成一四年）　八一歳

一月より一二月まで、「庭の小さなばら」を〈群像〉に連載。四月、『うさぎのミミリー』を新潮社より刊行。九月、随筆集『孫の結婚式』を講談社より刊行。

**二〇〇三年**（平成一五年）　八二歳

一月より一二月まで、「メジロの来る庭」を〈文学界〉に連載。四月、『庭の小さなばら』を講談社より刊行。

**二〇〇四年**（平成一六年）　八三歳

一月より一二月まで、「けい子ちゃんのゆかた」を〈波〉に連載。四月、『メジロの来る庭』を文芸春秋より刊行。

**二〇〇五年**（平成一七年）　八四歳

一月より一一月まで、「星に願いを」を〈群像〉に連載。四月、『けい子ちゃんのゆかた』を新潮社より刊行。

**二〇〇六年**（平成一八年）　八五歳

一月より一二月まで、「ワシントンのうた」を〈文学界〉に連載。三月、『星に願いを』を講談社より刊行。九月、脳梗塞を発症。

**二〇〇七年**（平成一九年）　八六歳

四月、『ワシントンのうた』を文芸春秋より刊行。

**二〇〇九年**（平成二一年）　八八歳

九月二一日、自宅にて老衰により死去。二八日、千壽子夫人を喪主として葬儀が営まれる。一一月八日、南足柄市の玉峯山長泉院墓所に納骨。

**二〇一一年**（平成二三年）

七月二九日、未発表だった『逸見小学校』が新潮社より刊行。

（助川徳是編）

# 著書目録

庄野潤三

【単行本】

愛撫　昭28・12　新潮社
プールサイド小景　昭30・2　みすず書房
結婚　昭30・4　河出書房
ザボンの花　昭31・7　近代生活社
バングローバーの旅　昭32・6　現代文芸社
ガンビア滞在記　昭34・3　中央公論社
静物　昭35・10　講談社
浮き燈台　昭36・9　新潮社
道　昭37・7　新潮社
旅人の喜び　昭38・2　河出書房新社
つむぎ唄　昭38・7　講談社
鳥　昭39・5　講談社
佐渡　昭39・10　学習研究社
夕べの雲　昭40・3　講談社
流れ藻　昭42・1　新潮社
丘の明り　昭42・12　筑摩書房
自分の羽根　昭43・2　講談社
雉子の羽　昭43・3　文芸春秋
前途　昭43・10　講談社
紺野機業場　昭44・11　講談社
クロッカスの花　昭45・6　冬樹社
小えびの群れ　昭45・10　新潮社
絵合せ　昭46・5　講談社
屋根　昭46・9　新潮社
明夫と良二　昭47・4　岩波書店
野鴨　昭48・1　講談社

| | | |
|---|---|---|
| 庭の山の木 | 昭48・5 | 冬樹社 |
| おもちゃ屋 | 昭49・3 | 河出書房新社 |
| 休みのあくる日 | 昭50・2 | 新潮社 |
| 鍛冶屋の馬 | 昭51・4 | 文芸春秋 |
| イソップとひよどり | 昭51・6 | 冬樹社 |
| 引潮 | 昭52・5 | 新潮社 |
| 水の都 | 昭53・4 | 河出書房新社 |
| シェリー酒と楓の葉 | 昭53・11 | 文芸春秋 |
| 御代の稲妻 | 昭54・4 | 講談社 |
| 屋上 | 昭55・2 | 講談社 |
| ガンビアの春 | 昭55・4 | 河出書房新社 |
| 早春 | 昭57・1 | 中央公論社 |
| 陽気なクラウン・オフィス・ロウ | 昭59・2 | 文芸春秋 |
| 山の上に憩いあり | 昭59・11 | 新潮社 |
| ぎぼしの花 | 昭60・4 | 講談社 |
| サヴォイ・オペラ | 昭61・3 | 河出書房新社 |
| 世をへだてて | 昭62・11 | 文芸春秋 |
| インド綿の服 | 昭63・2 | 講談社 |
| エイヴォン記 | 平元・8 | 講談社 |
| 誕生日のラムケーキ | 平3・4 | 講談社 |
| 懐しきオハイオ | 平3・9 | 文芸春秋 |
| 葦切り | 平4・1 | 新潮社 |
| 鉛筆印のトレーナー | 平4・5 | 福武書店 |
| さくらんぼジャム | 平6・2 | 文芸春秋 |
| 文学交友録 | 平7・3 | 新潮社 |
| 散歩道から | 平7・9 | 講談社 |
| 貝がらと海の音 | 平8・4 | 新潮社 |
| ピアノの音 | 平9・4 | 講談社 |
| せきれい | 平10・4 | 文芸春秋 |
| 野菜讃歌 | 平10・10 | 講談社 |
| 庭のつるばら | 平11・4 | 新潮社 |
| 鳥の水浴び | 平12・4 | 講談社 |
| 山田さんの鈴虫 | 平13・4 | 文芸春秋 |
| うさぎのミミリー | 平14・4 | 新潮社 |
| 孫の結婚式 | 平14・9 | 講談社 |
| 庭の小さなばら | 平15・4 | 講談社 |
| メジロの来る庭 | 平16・4 | 文芸春秋 |
| けい子ちゃんのゆかた | 平17・4 | 新潮社 |

星に願いを　平18・3　講談社
ワシントンのうた　平19・4　文芸春秋
逸見小学校　平23・7　新潮社

【全集】

庄野潤三全集　昭48・6〜49・4
全10巻　講談社
新選現代日本文学全集　昭35　筑摩書房
33
新日本文学全集1　昭38　集英社
戦争の文学8　昭40　東都書房
日本文学全集72　昭40　新潮社
われらの文学13　昭42　講談社
現代文学大系62　昭42　筑摩書房
日本短篇文学全集10　昭43　筑摩書房
現代文学の発見5　昭43　学芸書林
日本の文学75　昭44　中央公論社
現代日本文学大系88　昭45　筑摩書房
日本文学全集52　昭46　河出書房新社
現代日本の文学44　昭46　学習研究社
新潮日本文学55　昭47　新潮社
現代の文学18　昭49　講談社
筑摩現代文学大系78　昭51　筑摩書房
新潮現代文学40　昭55　新潮社
芥川賞全集5　昭57　文芸春秋
昭和文学全集21　昭62　小学館

【文庫】

夕べの雲（解＝阪田寛夫　案＝助川徳是　著）　昭63　文芸文庫
絵合せ（解＝饗庭孝男　案＝鷺只雄　著）　平元　文芸文庫
プールサイド小景・静物（解＝阪田寛夫）　平14　新潮文庫
インド綿の服（解＝齋藤礎英　年＝助川徳是　著）　平14　文芸文庫
庭のつるばら（解＝岩阪恵　平15　新潮文庫

子）
ピアノの音（解＝齋藤礎英　年＝助川徳是　著）　平16　文芸文庫
せきれい（解＝小澤征良）　平17　文春文庫
自分の羽根　庄野潤三随筆集（解＝高橋英夫　年＝助川徳是　著）　平18　文芸文庫
愛撫・静物　庄野潤三初期作品集（解＝高橋英夫　年＝助川徳是　著）　平19　文芸文庫
山田さんの鈴虫（解＝酒井順子）　平19　文春文庫
けい子ちゃんのゆかた（エッセイ＝今村夏子）　平21　新潮文庫
野菜讃歌（解＝佐伯一麦　年＝助川徳是　著）　平22　文芸文庫
野鴨（解＝小池昌代　年＝助川徳是　著）　平23　文芸文庫
陽気なクラウン・オフィス・ロウ（解＝井内雄四郎　年＝助川徳是　著）　平23　文芸文庫

「著書目録」には原則として編著・再刊本等は入れなかった。／【文庫】は本書初刷刊行日現在の各社最新版「解説目録」に記載されているものに限った。（　）内の略号は、解＝解説、案＝作家案内、年＝年譜、著＝著書目録を示す。

（作成・編集部）

本書は、講談社『庄野潤三全集　第二巻』（昭和四十八年八月刊）を底本とし、多少ふりがなを調整しました。本文中明らかな誤記、誤植と思われる箇所は正しましたが、原則として底本に従いました。なお底本にある表現で、今日からみれば不適切と思われるものがありますが、時代背景を考慮しそのままにしました。ご理解のほどよろしくお願いいたします。

ザボンの花《はな》

庄野潤三《しょうのじゅんぞう》

二〇一四年 四 月一〇日第一刷発行
二〇二四年一一月一二日第六刷発行

発行者――篠木和久
発行所――株式会社 講談社
東京都文京区音羽2・12・21 〒112-8001
電話 編集（03）5395・3513
販売（03）5395・5817
業務（03）5395・3615

デザイン―菊地信義
印刷――株式会社KPSプロダクツ
製本――株式会社国宝社
本文データ制作―講談社デジタル製作

定価はカバーに表示してあります。



講談社
文芸文庫

ISBN978-4-06-290228-1

▶解=解説　案=作家案内　人=人と作品　年=年譜を示す。　2024年10月現在

## 講談社文芸文庫

| | | |
|---|---|---|
| 高橋源一郎 | 君が代は千代に八千代に | 穂村 弘――解／若杉美智子・編集部―年 |
| 高橋たか子 | 人形愛｜秘儀｜甦りの家 | 富岡幸一郎―解／著者――――年 |
| 高橋たか子 | 亡命者 | 石沢麻依――解／著者――――年 |
| 高原英理編 | 深淵と浮遊 現代作家自己ベストセレクション | 高原英理――解 |
| 高見順 | 如何なる星の下に | 坪内祐三――解／宮内淳子――年 |
| 高見順 | 死の淵より | 井坂洋子――解／宮内淳子――年 |
| 高見順 | わが胸の底のここには | 荒川洋治――解／宮内淳子――年 |
| 高見沢潤子 | 兄 小林秀雄との対話 人生について | |
| 武田泰淳 | 蝮のすえ｜「愛」のかたち | 川西政明――解／立石 伯――案 |
| 武田泰淳 | 司馬遷―史記の世界 | 宮内 豊――解／古林 尚――年 |
| 武田泰淳 | 風媒花 | 山城むつみ―解／編集部――年 |
| 竹西寛子 | 贈答のうた | 堀江敏幸――解／著者――――年 |
| 太宰 治 | 男性作家が選ぶ太宰治 | 編集部――年 |
| 太宰 治 | 女性作家が選ぶ太宰治 | |
| 太宰 治 | 30代作家が選ぶ太宰治 | 編集部――年 |
| 田中英光 | 空吹く風｜暗黒天使と小悪魔｜愛と憎しみの傷に 田中英光デカダン作品集 道籏泰三編 | 道籏泰三――解／道籏泰三――年 |
| 谷崎潤一郎 | 金色の死 谷崎潤一郎大正期短篇集 | 清水良典――解／千葉俊二――年 |
| 種田山頭火 | 山頭火随筆集 | 村上 護――解／村上 護――年 |
| 田村隆一 | 腐敗性物質 | 平出 隆――人／建畠 晢――年 |
| 多和田葉子 | ゴットハルト鉄道 | 室井光広――解／谷口幸代――年 |
| 多和田葉子 | 飛魂 | 沼野充義――解／谷口幸代――年 |
| 多和田葉子 | かかとを失くして｜三人関係｜文字移植 | 谷口幸代――解／谷口幸代――年 |
| 多和田葉子 | 変身のためのオピウム｜球形時間 | 阿部公彦――解／谷口幸代――年 |
| 多和田葉子 | 雲をつかむ話｜ボルドーの義兄 | 岩川ありさ―解／谷口幸代――年 |
| 多和田葉子 | ヒナギクのお茶の場合｜海に落とした名前 | 木村朗子――解／谷口幸代――年 |
| 多和田葉子 | 溶ける街 透ける路 | 鴻巣友季子―解／谷口幸代――年 |
| 近松秋江 | 黒髪｜別れたる妻に送る手紙 | 勝又 浩――解／柳沢孝子――案 |
| 塚本邦雄 | 定家百首｜雪月花(抄) | 島内景二――解／島内景二――年 |
| 塚本邦雄 | 百句燦燦 現代俳諧頌 | 橋本 治――解／島内景二――年 |
| 塚本邦雄 | 王朝百首 | 橋本 治――解／島内景二――年 |
| 塚本邦雄 | 西行百首 | 島内景二――解／島内景二――年 |
| 塚本邦雄 | 秀吟百趣 | 島内景二――解 |

| | | |
|---|---|---|
| 永井龍男 | 一個\|秋その他 | 中野孝次──解／勝又 浩──案 |
| 永井龍男 | カレンダーの余白 | 石原八束──人／森本昭三郎─年 |
| 永井龍男 | 東京の横丁 | 川本三郎──解／編集部──年 |
| 中上健次 | 熊野集 | 川村二郎──解／関井光男──案 |
| 中上健次 | 蛇淫 | 井口時男──解／藤本寿彦──年 |
| 中上健次 | 水の女 | 前田 塁──解／藤本寿彦──年 |
| 中上健次 | 地の果て 至上の時 | 辻原 登──解 |
| 中上健次 | 異族 | 渡邊英理──解 |
| 中川一政 | 画にもかけない | 高橋玄洋──人／山田幸男──年 |
| 中沢けい | 海を感じる時\|水平線上にて | 勝又 浩──解／近藤裕子──案 |
| 中沢新一 | 虹の理論 | 島田雅彦──解／安藤礼二──年 |
| 中島敦 | 光と風と夢\|わが西遊記 | 川村 湊──解／鷺 只雄──案 |
| 中島敦 | 斗南先生\|南島譚 | 勝又 浩──解／木村一信──案 |
| 中野重治 | 村の家\|おじさんの話\|歌のわかれ | 川西政明──解／松下 裕──案 |
| 中野重治 | 斎藤茂吉ノート | 小高 賢──解 |
| 中野好夫 | シェイクスピアの面白さ | 河合祥一郎─解／編集部──年 |
| 中原中也 | 中原中也全詩歌集 上・下 吉田凞生編 | 吉田凞生──解／青木 健──案 |
| 中村真一郎 | この百年の小説 人生と文学と | 紅野謙介──解 |
| 中村光夫 | 二葉亭四迷伝 ある先駆者の生涯 | 絓 秀実──解／十川信介──案 |
| 中村光夫選 | 私小説名作選 上・下 日本ペンクラブ編 | |
| 中村武羅夫 | 現代文士廿八人 | 齋藤秀昭──解 |
| 夏目漱石 | 思い出す事など\|私の個人主義\|硝子戸の中 | 石﨑 等──年 |
| 成瀬櫻桃子 | 久保田万太郎の俳句 | 齋藤礎英──解／編集部──年 |
| 西脇順三郎 | *Ambarvalia*\|旅人かへらず | 新倉俊一──人／新倉俊一──年 |
| 丹羽文雄 | 小説作法 | 青木淳悟──解／中島国彦──年 |
| 野口冨士男 | なぎの葉考\|少女 野口冨士男短篇集 | 勝又 浩──解／編集部──年 |
| 野口冨士男 | 感触的昭和文壇史 | 川村 湊──解／平井一麥──年 |
| 野坂昭如 | 人称代名詞 | 秋山 駿──解／鈴木貞美──案 |
| 野坂昭如 | 東京小説 | 町田 康──解／村上玄一──年 |
| 野崎歓 | 異邦の香り ネルヴァル『東方紀行』論 | 阿部公彦──解 |
| 野間宏 | 暗い絵\|顔の中の赤い月 | 紅野謙介──解／紅野謙介──年 |
| 野呂邦暢 | [ワイド版]草のつるぎ\|一滴の夏 野呂邦暢作品集 | 川西政明──解／中野章子──年 |
| 橋川文三 | 日本浪曼派批判序説 | 井口時男──解／赤藤了勇──年 |
| 蓮實重彥 | 夏目漱石論 | 松浦理英子─解／著者──年 |

| | |
|---|---|
| 蓮實重彥 ─「私小説」を読む | 小野正嗣──解／著者──年 |
| 蓮實重彥 ─ 凡庸な芸術家の肖像 上 マクシム・デュ・カン論 | |
| 蓮實重彥 ─ 凡庸な芸術家の肖像 下 マクシム・デュ・カン論 | 工藤庸子──解 |
| 蓮實重彥 ─ 物語批判序説 | 磯﨑憲一郎─解 |
| 蓮實重彥 ─ フーコー・ドゥルーズ・デリダ | 郷原佳以──解 |
| 花田清輝 ─ 復興期の精神 | 池内 紀──解／日高昭二──年 |
| 埴谷雄高 ─ 死霊 Ⅰ Ⅱ Ⅲ | 鶴見俊輔──解／立石 伯──年 |
| 埴谷雄高 ─ 埴谷雄高政治論集 埴谷雄高評論選書1 立石伯編 | |
| 埴谷雄高 ─ 酒と戦後派 人物随想集 | |
| 濱田庄司 ─ 無盡蔵 | 水尾比呂志─解／水尾比呂志─年 |
| 林京子 ── 祭りの場｜ギヤマン ビードロ | 川西政明──解／金井景子──案 |
| 林京子 ── 長い時間をかけた人間の経験 | 川西政明──解／金井景子──年 |
| 林京子 ── やすらかに今はねむり給え｜道 | 青来有一──解／金井景子──年 |
| 林京子 ── 谷間｜再びルイへ。 | 黒古一夫──解／金井景子──年 |
| 林芙美子 ─ 晩菊｜水仙｜白鷺 | 中沢けい──解／熊坂敦子──案 |
| 林原耕三 ─ 漱石山房の人々 | 山崎光夫──解 |
| 原民喜 ── 原民喜戦後全小説 | 関川夏央──解／島田昭男──年 |
| 東山魁夷 ─ 泉に聴く | 桑原住雄──人／編集部──年 |
| 日夏耿之介 ─ ワイルド全詩（翻訳） | 井村君江──解／井村君江──年 |
| 日夏耿之介 ─ 唐山感情集 | 南條竹則──解 |
| 日野啓三 ─ ベトナム報道 | 著者──年 |
| 日野啓三 ─ 天窓のあるガレージ | 鈴村和成──解／著者──年 |
| 平出隆 ── 葉書でドナルド・エヴァンズに | 三松幸雄──解／著者──年 |
| 平沢計七 ─ 一人と千三百人｜二人の中尉 平沢計七先駆作品集 | 大和田 茂──解／大和田 茂──年 |
| 深沢七郎 ─ 笛吹川 | 町田 康──解／山本幸正──年 |
| 福田恆存 ─ 芥川龍之介と太宰治 | 浜崎洋介──解／齋藤秀昭──年 |
| 福永武彦 ─ 死の島 上・下 | 富岡幸一郎─解／曾根博義──年 |
| 藤枝静男 ─ 悲しいだけ｜欣求浄土 | 川西政明──解／保昌正夫──案 |
| 藤枝静男 ─ 田紳有楽｜空気頭 | 川西政明──解／勝又 浩──案 |
| 藤枝静男 ─ 藤枝静男随筆集 | 堀江敏幸──解／津久井 隆──年 |
| 藤枝静男 ─ 愛国者たち | 清水良典──解／津久井 隆──年 |
| 藤澤清造 ─ 狼の吐息｜愛憎一念 藤澤清造 負の小説集 西村賢太編・校訂 | 西村賢太──解／西村賢太──年 |
| 藤澤清造 ─ 根津権現前より 藤澤清造随筆集 西村賢太編 | 六角精児──解／西村賢太──年 |
| 藤田嗣治 ─ 腕一本｜巴里の横顔 藤田嗣治エッセイ選 近藤史人編 | 近藤史人──解／近藤史人──年 |